あやかし三國志、ぴゅるり

唐傘小風の幽霊事件帖

高 橋 由 太

幻冬舎時代小説文庫

あやかし三國志、ぴゅるり
唐傘小風の幽霊事件帖

主な登場人物

伸吉《しんきち》　貧乏寺子屋の師匠。
小風《こかぜ》　唐傘《からかさ》を片手に、カラスを肩に乗せた娘の幽霊。
八咫丸《やたまる》　小風の肩に乗っている小ガラス。
しぐれ　伸吉の寺子屋に居ついてしまった九歳児の幽霊。
上総介《かずさのすけ》　夜の寺子屋に通ってきている織田信長の幽霊。
猫骸骨《ねこがいこつ》&チビ猫骸骨　夜の寺子屋に通ってきている猫の妖怪。
傘平《かさへい》　本所《ほんじょ》深川の老傘職人。すでに隠居している。
卯女《うめ》　伸吉の祖母。故人。
風庵《ふうあん》　小風の父。故人。
天海《てんかい》　僧侶《そうりょ》の幽霊。
劉備玄徳《りゅうびげんとく》　三國志の英雄の幽霊。

目次

其ノ一　伸吉傘、大流行するの巻

1

江戸の華といえば、火事に喧嘩《けんか》、そして花火であるが、春を間近に控え、いまだ粉雪の舞う夜の本所《ほんじょ》深川では唐傘《からかさ》が大流行していた。

夜道を歩くたびに、ちょいと細工は粗いものの、色鮮やかな唐傘を何本も見ることができる。

さらに道行く唐傘をよく見れば、傘布の端に〝伸吉《しんきち》〟と下手《へた》な字が書かれている。巷《ちまた》の噂《うわさ》に耳を傾ければ、唐傘を作った職人の名が〝伸吉〟で、〝伸吉傘〟なんぞと呼ばれているらしい。

洒落者《しゃれもの》と呼ばれることに執念を燃やす江戸っ子たちだけに、流行《はや》るとなれば誰も彼もが右へ倣《なら》え。

「おっ、そいつは伸吉傘じゃねえか。粋だねえ」などと言われたいがために、雨雪の日は言うに及ばず、天気のいい月夜にまで唐傘を差す連中がいる始末である。

何を隠そう、夜の本所深川で大流行の伸吉傘を作ったのは、泣く子も笑う寺子屋の〝こんにゃく師匠〟こと伸吉であった。

もちろん、伸吉は傘職人でもなければ、手先も器用とは言えない。流行らぬ寺子屋のへなちょこ師匠である。ついこの間まで唐傘なんぞ作ったことさえなかった。

世の中、何が流行るか分からぬとはよく言ったもので、年老いた傘職人の傘平《かさへい》に教わって作り始めた伸吉の唐傘が幽霊たちの間で大評判となり、猫も杓子《しゃくし》も伸吉傘を差して夜の本所深川を闊歩《かっぽ》するのだった。晴れた夜に唐傘を差して歩く姿は滑稽だが、いつだって、流行とは馬鹿らしいものなのだ。

とにかく、犬も歩けば伸吉傘に当たる——。

普通であれば、作り手である伸吉の懐《ふところ》には大金が転がり込んでいるはずである。

しかし、伸吉の懐には一文《もん》の銭《ぜに》も入っていない。野暮と親友付き合いをしている伸吉が使ってしまったわけでもない。最初から一文も転がり込んでいないのだ。

「お腹《なか》が空《す》いたねえ」

ぐるるぐるるとうるさく鳴り続ける腹の虫を抱えながら、伸吉は夜の大川堤を歩いていた。

「どこかに食べ物でも落ちてないかねえ……」

呟《つぶや》く言葉も情けない。

実際、このところ傘作りに忙しく、満足に飯を食っていなかった。

伸吉と一緒に歩いている二匹の猫の妖怪――猫骸骨《ねこがいこつ》が言葉を挟む。

「伸吉師匠はお人好《ひとよ》しですにゃ」

「みゃ」

二匹揃《そろ》って、ため息をついている。

「そんなことを言っても……」

ぼそぼそと伸吉は言い返す。ちなみに、この二匹の猫骸骨は伸吉の教え子である。

最初は伸吉を食おうとすらしていたが、今ではすっかり懐《なつ》いている。

「師匠は考え足らずですにゃ」

「みゃあ」

　伸吉だって、自分の作った傘がこんなに流行るとは思っていなかった。

　ひょんなことから唐傘を作ることになったものの、伸吉の本業は、寺子屋の師匠──それも、昼間は人の子相手、夜は夜で幽霊相手の寺子屋の師匠なのだ。言ってみれば、傘作りは道楽である。

　野暮で道楽なんぞ知らぬ伸吉だけに、気づいたときには傘作りに夢中になっていた。

「作りすぎですにゃ」

「みゃあ」

「だって……」

　当たり前と言えばそれまでだが、作れば唐傘は増える。傘屋ではないので減ることはない。

　大昔からある寺子屋だけに手狭というわけではないが、唐傘ばかり何本も置いておくこともできなかった。

「みんなにあげるよ」

夜の寺子屋で口走ったのが、伸吉傘の始まりだった。

「ただより安い物はありませんにゃ」

「みゃ」

二匹の猫骸骨はうなずき合っている。

伸吉の作った唐傘は飛ぶようになくなり、今や、新しい伸吉傘の出来上がりを何十人もの幽霊が待っている。ある物をあげると言ったつもりが、催促されている始末である。

「断ればいいですにゃ」

「みゃあ」

二匹の猫骸骨の言うことはもっともだが、伸吉は気が弱い。何かを断るのは苦手中の苦手だった。

おかげで傘作りの腕前は、師匠である地元の傘屋の傘平が目を丸くするほど上達しているが、昼も夜も働いているのに、この上、一銭にもならぬ傘作りまで仕事となっては身体《からだ》が保《も》たない。

「だったら、お金をもらえばいいですにゃ」

「みゃあ」

　伸吉だって、銭をもらおうかと思わないわけではないが、これまた気が弱く、どうにも言い出せない。

「今さら言い難いよ」

　結局、空き腹を抱えながら、一銭にもならぬ唐傘を作り続けていた。

「だからと言って逃げることありませんにゃ」

「みゃあ」

「逃げたわけじゃないよ」

　伸吉は嘘をついた。

　寺子屋にいると唐傘を催促されるので、逃げるように夜の大川堤へやって来たのだ。

「ここなら誰もいないよね」

　と、息をつくが、伸吉の期待はいつだって裏切られるようにできている。

「誰かいますにゃ」

「みゃ」

二匹の猫骸骨が、大川の畔《ほとり》に佇《たたず》む人影を目《め》聡《ざと》く見つけた。

「え……？　まさか、お化けじゃないよね」

幽霊相手の寺子屋の師匠をやっている男の言葉とは思えない。

「お化けなんて、この世にいないよね？」

怯《おび》えすぎて訳が分からなくなり、猫のお化けに聞いている。

「幽霊ですにゃ。それも見たことのない幽霊ですにゃ」

「みゃ」

今まで、数え切れぬほどの幽霊や化け物に襲われ、何度も死にかけている伸吉の肝は縮む。

「寺子屋に帰ろうよ――」

二匹の猫骸骨を引っ張って寺子屋に帰ろうと手を伸ばしたが、すかりと宙を切った。

「行ってみますにゃ」

「みゃ」

すでに二匹の猫骸骨は走り出している。好奇心は猫をも殺すと言うが、すでに死んでいるだけに、猫骸骨は恐れを知らない。

「あたしは帰るよッ」

伸吉は踵《きびす》を返すが、江戸田舎《いなか》と呼ばれる本所深川だけあって、目の前には漆黒《しっこく》の闇《やみ》が広がっている。幽霊が出たと聞いたこともあり、たった一人で寺子屋に辿《たど》り着く自信がなかった。

「お化けなんていないよね」

自分に言い聞かせるように呟く伸吉の頬《ほお》を、
ひゅうどろどろ——

——と、生ぬるい風が撫《な》でた。

「世の中、お化けだらけですにゃ」

「みゃ」

遠くから猫骸骨たちの声が聞こえた。

「待っておくれよッ」

伸吉は二匹の猫骸骨を追いかけた。

2

大川の畔に降りてみると、見慣れぬ一人の男が途方に暮れたように立っていた。ひゅうどろどろと、しつこく生ぬるい風が吹き続けているところを見ると、この男も幽霊らしいが、なぜか、いくつもの筵《むしろ》を抱えている。

「大きい人だねえ」

伸吉は呟いた。

伸吉と同じくらいの二十歳《はたち》そこそこに見えるが、背丈が七尺五寸はあろうという大男である。伸吉の知るかぎり、七尺を超える人の子など、本所深川では相撲《すもう》取りくらいのものだ。

珍しいのは高い背丈だけではない。

絵草子《えぞうし》で唐《もろこし》の武人が着ているような道士服を身に纏《まと》い、顔つきも異国風の二枚目である。

だが、何だかやけにしょぼくれており、今にも大川に飛び込みそうな顔をしている。

人見知りしない猫骸骨が、早速、道士服の男に話しかけている。

「あんた、誰ですかにゃ？」

「みゃ？」

猫の妖怪だけに、二匹揃って無礼である。

人語を操る猫骸骨に驚いたらしく、道士服の男は悲鳴を上げた。

「ひぃッ」

見かけとは裏腹に、ずいぶんと臆病《おくびょう》な男のようだ。自分だって幽霊なのだから、こんなに驚くことはない。

「伸吉師匠の仲間ですにゃ」

「みゃあ」

臆病者には慣れていると言わんばかりに、二匹の猫骸骨は自己紹介を始める。

「にゃあは猫骸骨ですにゃ。こっちの小っちゃいのはチビ猫骸骨ですにゃ」

「みゃ」

ついでのように伸吉のことも紹介してくれた。

「それから、あそこに立っているこんにゃくみたいなのが、伸吉師匠ですにゃ。幽霊ではありませんにゃが、食べてはいけませんにゃ。食べるとお腹を壊しますにゃ」

「みゃあ」

「猫骸骨殿に、チビ猫骸骨殿、それに伸吉師匠……」

道士服の男は呟くが、その声にはまるで力がない。

幽霊に怯えていたことも忘れ、他人とは思えぬしょぼくれた男のことが気になり、伸吉は、丁寧な口振りで話しかけた。

「ご病気ですか？」

幽霊が病気になるのか知らぬが、とりあえず聞いてみた。

答えたのは道士服の男ではなく、猫骸骨だった。

「この顔は、お腹が空いていますにゃ」

「みゃ」

二匹の猫骸骨は決めつける。

「猫骸骨、あのねえ……」

仲吉はため息をつく。

七尺五寸もある大《だい》の大人が、空腹くらいで川辺に座り込んだりすまい。病気に縁がない妖怪の猫骸骨はいつだって能天気であった。

しかも、目の前に座り込んでいるのは、異人であるが、どこをどう見ても武人である。日本で言うところの武士だろう。

仲吉は寺子屋の師匠として、二匹の猫骸骨に教えてやる。

「武士は食わねど高楊枝《たかようじ》って言ってね。お腹が空いても、平気な顔をしているものなんだよ」

「仲吉師匠はへろへろになりますにゃ」

「みゃ」

教え子のくせに、二匹の猫骸骨は口答えをする。

「あたしは町人だからいいんだよ」

「そういうものですかにゃ」

「みゃあ」

二匹の猫骸骨が納得しかけていると、道士服の男が口を挟んだ。

「いや、実は腹が減っている」

「え？」

「腹が減って歩けぬのだ」

道士服の男の腹の虫が、ぐるると鳴った。

3

異人とはいえ、行き倒れのまま捨てておくこともできず、伸吉は道士服の男を寺子屋に連れ帰って来た。

「何か食わせてくれぬか？」

道士服の男は言うが、寺子屋には米の一粒もなかった。買いに行けばよいのだろうが、先立つものとやらがないのだ。貧乏金なし、その日暮らしの伸吉には珍しいことではない。

「いや――」

なく、と、食い物など何もないことを説明しようと口を開きかけたとき、どこからとも

ちゃりん、ちゃりん……――

――と、銭の音が聞こえてきた。

そのちゃりん、ちゃりんを追いかけるようにして、九つか十くらいの幼い娘の小銭を数える声が聞こえて来た。

「一枚、二枚、三枚、四枚……もう一枚欲しい」

仕立てのよさそうな唐傘模様の着物を着た幼い娘が、とことこと姿を現した。右手には、銭の詰まった巾着《きんちゃく》袋をしっかりと握っている。

本所深川にその名を轟《とどろ》かす〝守銭奴の幽霊〟こと、しぐれである。なぜか、この幼女の幽霊も伸吉の寺子屋に棲《す》みついている。

貧乏な伸吉とは正反対に、しぐれの懐には銭が詰まっていた。

「あら、お客様ですの？」

しぐれはちょこんと首を傾《かし》げる。上《うわ》っ面《つら》だけ見ると、可愛らしい幼女である。

「唐から来たみたいなんだ」

道すがら、道士服の男から聞いたことをしぐれにも教えてやる。知らぬ国のことだけに、よく分からぬが、何かから逃げて来たらしい。海を越えて逃げるくらいだから、よほど恐ろしいことが唐とやらであったのだろう。

「ずいぶん、遠いところから来たのですわね」

しぐれは言うと、鎖国の世の中だけに異人が珍しいのか、興味深そうに道士服の男を見ている。

一方、道士服の男は腹が減りすぎているのか元気がない。一刻も早く飯を食わせてやらなければ、今にも目を回しそうである。

しかし、食い物も銭もない。

どうしたものかと伸吉が考え込んでいると、ばたりと道士服の男が倒れた。

「だ、だ、大丈夫？」

「腹が減って、立っていられぬ」

蚊《か》の鳴くような声で男が答えた。

「大変ですにゃッ」

「みゃッ」

「今すぐ、ねずみを捕まえて来ますにゃ」

「みゃ」

そんなものを食うはずがない。万一、食ったとしても目の前では食わないで欲しい。

二匹の猫骸骨は騒ぐばかりで、あてにならない。困り果てた伸吉の耳に、ちゃりんちゃりんと小銭の音が聞こえた。見れば、しぐれが小銭を数えている。

「しぐれにお願いがあるんだけど」

伸吉は守銭奴の幽霊に、おずおずと話しかけた。

「お願い？　高いですわよ」

打てば響くように、しぐれは答える。

最後の言葉を聞かなかったことにして、伸吉は言葉を続ける。

「少しお金を貸してくれないかい？」

銭があれば食い物が買える。

しかし、しぐれは首を横に振り、そそくさと数えていた小銭を巾着袋の中に仕舞い込んだ。

「嫌ですわ。お金なんて持ってませんわ」

守銭奴の幽霊は言い切った。

「嘘ですにゃ。巾着袋の中に、たくさん入ってますにゃ」

「みゃ」

正直者の猫骸骨が口を挟む。

巾着袋を隠すでもなく、しぐれは涼しい顔で言い返す。

「嘘なんてついてませんわ。わたくしの稼いだお金ですわ。他人《ひと》に貸すお金なんて一銭もありませんわ」

正確には、猫骸骨たちを扱《こ》き使って稼いだ金だが、確かに、しぐれが他人に銭を貸す理由など一つもない。しかも、伸吉が自分で言うのも情けないが、借りても返せるあてなどないのだ。守銭奴でなくとも貸すのを躊躇《ためら》うだろう。

それでも、銭を持っているのはしぐれしかいないのだから、守銭奴の幽霊に縋《すが》るしか方法はない。

「あのね、しぐれ……」

口を開いたとき、生ぬるい風が、

ひゅうどろどろ――
――と、伸吉の頬を撫でた。

本来ならば、鳥肌が立つほどに気味の悪い風だが、寺子屋で生ぬるい風に吹かれるたびに、伸吉の胸は高鳴る。

「小風《こかぜ》師匠ですにゃ」

「みゃあ」

二匹の猫骸骨の言葉に返事をするように、小ガラスを肩に乗せた娘の幽霊――小風が姿を現した。右手には赤い唐傘を持っている。

白い巫女《みこ》衣装に腰まで伸ばした長い黒髪が、さらさらと揺れている。目つきが鋭すぎるが、絵に描いたような美少女である。これまで何度も見ているというのに、いまだに小風から目が離せない。簡単に言えば、伸吉はこの娘の幽霊に惚《ほ》れていた。

「小風、起きたんだね？」

見れば分かることを、伸吉は口にする。

幽霊だけに、小風は夜にならないと起きて来ない。

「うむ」

返事こそしたものの、寝起きの悪い小風は不機嫌らしい。

いつもはカァカァとうるさいカラスの八咫丸《やたまる》も、小風の不機嫌を察知して静かにしている。

触らぬ神に祟《たた》りなし――。今日はおとなしくしてようと、伸吉が口を噤《つぐ》みかけたとき、小風の表情がくるりと変わった。先刻までの眠そうな顔つきと違い、小風にしては珍しく目を丸くしている。

視線の先には、くたばりかけている道士服の男がいた。

「おぬし――」

小風は息を呑《の》む。

「小風、どうかしたの？」

嫌な予感に襲われながら、伸吉は小風の顔を覗《のぞ》き込んだ。伸吉の声が聞こえないのか、娘の幽霊は返事をしてくれぬ。

しぐれと二匹の猫骸骨も伸吉の真似をして、小風の顔を覗き込む。

「小風お姉さま、どうかなさったんですの？」

「お腹が空きましたかにゃ？」

「みゃ？」

浅草の見世物《みせもの》なみに視線を集めているというのに、小風は一心に道士服の男を見つめている。

「これは恋ですわ」

「にゃあもそう思いますにゃ」

「みゃあ」

しぐれと二匹の猫骸骨がうなずき合っている。

「そんな……」

伸吉は涙目になるが、言われてみれば、小風は恋する少女の顔をしている。今の今まで、小風が誰かをここまで熱心に見ることなどなかった。

「やっぱり男は背丈ですわね」

しぐれが伸吉に駄目を押すように呟いた。

伸吉の背丈が低いわけではないが、道士服の男のように七尺五寸もあろうはずがない。

「男は背丈じゃないよ」

世間知らずの小娘に伸吉は教えてやる。

二匹の猫骸骨は真面目な顔で、伸吉に質問する。

「背丈じゃなければ、何ですかにゃ？」

「みゃ？」

「ええと……」

とたんに伸吉は言葉に詰まる。男前でなければ金もない。しかも、意気地なしであった。

「全部、駄目ですにゃ」

「みゃあ」

二匹の猫骸骨が言い切ったとき、小風が道士服の男に話しかけた。

「ちと聞きたいことがある」

小風の声は真剣である。

「何かな？」

力なく聞き返す道士服の男の腰のあたりを指さし、軽く息を呑むと、小風は口を開いた。

「おぬしが腰にぶら下げている小壺《こつぼ》だが――」

見れば、道士服の男の腰に、小さな錫《すず》の壺がぶら下がっている。

錫でできた異国風の壺は目を引くが、息を呑むほどの物ではなかろう。いつものことながら、伸吉には小風が何を考えているのか分からない。

小風は言葉を続ける。

「もしや、洛陽《らくよう》の茶葉ではないか？」

「よく分かりましたな」

道士服の男はうなずいた。

聞けば、〝洛陽の茶葉〟というのは、唐で一番旨《うま》いと言われる茶のことで、その名は本所深川の茶好きにまで響いているという。小風も茶には目がない。伸吉の稼ぎの大半は、小風の茶葉代に消えている。

「やはり、洛陽の茶葉であったか」

独り言のように小風は呟いた。

どうやら、小風が恋い焦がれていたのは道士服の男ではなく、〝洛陽の茶葉〟であるらしい。

ほっと胸を撫で下ろす伸吉を尻目《しりめ》に、小風が〝洛陽の茶葉〟を強請《ゆす》り始めた。

「その茶を少し分けてくれぬか？」

よほど唐の名茶が飲みたいのか、小風にしては、ずいぶんと腰が低い。

しかし、道士服の男はうなずかない。

「故郷の母への土産なので」

海を渡る前に洛陽に寄ったところ、たまたま手に入った逸品らしい。

「また唐で買えばよいのではないか」

小風は諦めない。腰の低さは消え失《う》せ、いつもの調子に戻っている。

「買う金がもうありません」

道士服の男は首を振る。唐から江戸の本所深川にやって来るまでに、持ち金すべてを使ってしまったという。確かに金を持っていれば、行き倒れになる前に何か買って食っているだろう。

「ならば、わたしが銭をやろう」

小風は言った。道士服の男から〝洛陽の茶葉〟を買い取ろうというのだ。

道士服の男は興味を引かれている。

「銭ですか？」

銭があれば飯が食えると思っているのだろう。

「うむ」

小風はうなずくが、この娘の幽霊が銭を持っているという話は聞いたことがない。

「小風、お金なんて持ってるの？」

伸吉は小声で聞いた。

「心配いらぬ」

小風は言うと、矢庭に、しぐれの顔を見た。

いや、見ているのは顔ではない。

小風の視線は、銭の詰まった巾着袋に向けられている。娘の幽霊が何を考えているかは、鈍い伸吉でも分かる。

ましてや、銭が大好きなしぐれが小風の企みに気づかぬはずはない。小風の視線から逃れるように、そそくさと巾着袋を抱き寄せた。

「そろそろ、お暇《いとま》しようかしら」

ここに棲みついているくせに、しぐれはどこかへ行こうと足を動かし始める。

伸吉の腰ほどの背丈しかないくせに、銭がかかったときのしぐれの足は速い。

あっという間に、寺子屋から出て行ってしまった。

「まだ若いな、しぐれ」

九歳児相手に当たり前のことを言うと、小風は右の手首に縛りつけてある赤い紐《ひも》
――〝三途《さんず》の紐〟を解《ほど》いた。この〝三途の紐〟で、何人もの幽霊が懲《こ》らしめられている。

「小風、あんまり手荒なことは――」

不穏な空気を感じ、割って入ろうとした伸吉だが、小風は聞く耳を持たない。

「すぐ終わる」

小風は言うと〝三途の紐〟を、

しゅるり――――

――――と、投げた。

しゅるしゅると腹を減らした蛇《へび》のように〝三途の紐〟は伸びて行き、やがて寺子屋の外へ出て行った。

ほんの一瞬の間を置いて、しぐれの悲鳴が聞こえてきた。

「わたくしは何もしてませんわッ。無実ですわッ」

「黙って銭を出せば、命までは取らぬ」

小風は言った。言うまでもなく、本気であろう。

「南無《なむ》阿弥陀仏《あみだぶつ》、南無阿弥陀仏……」

と、どこからともなく、虎和尚《とらおしよう》と狼《おおかみ》和尚の念仏が聞こえる中、〝三途の紐〟に雁字搦《がんじがら》めにされたしぐれが引かれて来た。

「最初から素直に渡せばよいものを」

山賊か夜盗のような台詞《せりふ》を口にすると、小風はしぐれから巾着袋を取り上げた。

銭を取られて泣きべそをかくしぐれを見ようともしない。

「ひどいですわ」

「世の中とは、ひどいものなのだ」

小風は分かったような分からないようなことを言っている。

そして、道士服の男の前に、銭の詰まった巾着袋を、ぽんッと放り投げた。

「これで茶葉を売ってくれ」

茶葉の壺を小風に渡しながら、道士服の男は呟いた。

「この国には呂布《りょふ》以上の極悪人がいるのだな」

「呂布だと？　おぬしは何者だ？」

今さらのように小風は聞いた。

道士服の男は、「申し遅れました」などと言い訳をすると、ようやく名乗った。

「劉備玄徳《りゅうびげんとく》と申す」

4

今となっては昔のことである。

卑弥呼《ひみこ》が邪馬台国《やまたいこく》を統治していたころ、海の向こうの唐では三人の英雄に率いられた魏《ぎ》・呉《ご》・蜀《しょく》の三国が争っていた。

その三国の中で、害賊を討ち、世を救わんとしたのが、目の前で小風に茶葉を取られた道士服の男――蜀の英雄・劉備であった。

「唐の英雄の幽霊であったか、なるほど」

小風は相槌《あいづち》を打つが、劉備からせしめた茶を飲む方が忙しそうだ。目の前の男が劉備玄徳と聞いても、特に感心した様子もない。

劉備は劉備で自己紹介こそしたものの、〝洛陽の茶葉〟と引き換えに手に入れた銭で、早速、棒手振り《ぼてふ》から饂飩《うどん》を購《あがな》い、はふはふと食うのに忙しく、ろくに自分のことを語ろうともしない。茶と饂飩のにおいが寺子屋に広まっているだけである。

その一方で、目の前の男が劉備と聞き、急に元気づいた娘がいる。

しぐれである。

小風に小銭を奪われ肩を落としていたしぐれであるが、守銭奴は叩いても死なない。

目を輝かせて劉備に駆け寄ると、欲望丸出しの台詞を口にした。

「有名人ですわ。見世物にしたら、お金になりますわ」

しぐれの言葉は間違っていない。

物見高いは江戸の常というが、鎖国の世の中だけあって、唐渡りの品は町人たちの憧れの的だった。唐人宿には押すな押すなの人が詰め寄せている。

ましてや、劉備と言えば唐の大英雄、徳川家康《とくがわいえやす》や織田信長《おだのぶなが》も霞《かす》むほどの有名人なのだ。

「しぐれ一座の新しい看板ね」

しぐれは勝手に決めている。

ちなみに、〝しぐれ一座〟というのは、守銭奴の幽霊・しぐれが善良な幽霊たちを扱き使うために作った一座である。意味の分からないインチキな見世物芝居をしては小銭を集めている。

本所深川では、言うことを聞かぬ子の幽霊に、親の幽霊が「言うことを聞かないと、しぐれ一座に売っちまうよ」と威《おど》し文句に使うほど悪名高い。しぐれの稼いだ銭の数だけ、幽霊たちが泣いている。

「しぐれ、あのねえ……」

唐にまで、しぐれの悪名を響かせるわけにはいかぬと、寺子屋の師匠として伸吉が説教をしかけるが、しぐれ一座で扱き使われている猫骸骨とチビ猫骸骨が口を挟む。

「劉備を看板にしても客は来ませんにゃ」

「みゃあ」

すっかり商売慣れした二匹の猫骸骨は、自信たっぷりに断言した。

「あら？　どうしてかしら？」

首を傾げるしぐれに、二匹の猫骸骨は説明を始める。

「劉備は地味ですにゃ。背丈はありますが、強そうでもありませんし、華もありませんにゃ」

「みゃあ」

言われてみれば、その通りだ。

はふはふと饂飩を啜《すす》る姿は、到底、英雄には見えない。ただの饂飩好きの大男である。

しぐれほど守銭奴ではないにしても、地獄の沙汰《さた》も金次第、たいていの幽霊は銭に執着する。殊に、しぐれのインチキ見世物の噂は、今や、江戸中の幽霊たちの間に広がっている。半端な見世物では、一銭の儲《もう》けにもなるまい。

二匹の猫骸骨は言葉を続ける。

「しょぼいですにゃ。本物の劉備と信じてもらえませんにゃ」

「みゃ」

これまた猫骸骨の言葉は正しい。

江戸の人々が好きなのは、物語の中の劉備であり、少なくとも、饂飩に夢中の大男ではない。

「まあ、疑り深いですわ。世知辛《せちがら》い世の中ですこと」

しぐれは嘆くが、偽物の豊臣秀吉や加藤清正を見世物にして来た前科もある。信じてもらえぬのは自業自得というものである。

しかし、しぐれは諦めない。饂飩を啜り続けている劉備に呼びかける。

「ちょっと」

「はあ」

劉備は英雄らしからぬ気の抜けた返事をする。猫骸骨の言うように、この男で客を呼べるとは思えない。

しぐれは言葉を続ける。

「二人の豪傑はどこにいるのかしら？」

いつの間にか、しぐれの手には『通俗三國志《さんごくし》』が握られている。元禄に出版されて以来、我が国でも愛読者が多い。江戸っ子たちが好きなのは、『通俗三國志』に登場する義に熱い劉備なのだ。実は、伸吉も読んだことがあった。

しぐれの言っている〝二人の豪傑〟とは、関羽《かんう》と張飛《ちょうひ》のことであろう。三人揃っての英雄とも言える。

確かに、偉丈夫《いじょうふ》の関羽と張飛がいれば、見世物に客が押し寄せるに違いない。

しかし、劉備は黙っている。

知らぬと言っているようにも見えるが、「生まれ落ちた日は違っても、死ぬ日は同じ」と桃園《とうえん》で誓い合った二人の義弟なのだ。幽霊になろうと、劉備が居場所を知らぬはずはない。

「はあ」

劉備の口からため息が零《こぼ》れ落ちた。

二人の義弟の名を聞いても、劉備の顔色は冴えない。それどころか、いっそう元気をなくしたように見える。

「どうかしたの？」

伸吉は聞くが、劉備は首を振るばかりで答えようとしない。じっと饂飩を見つめている。

煮え切らない劉備に、しぐれが痺《しび》れを切らす。

「ぐずぐずとはっきりしない男ねえ。あんた、それでも英雄なの？　まるで上総介《かずさのすけ》おじ様みたいですわ」

二匹の猫骸骨が、しぐれの尻馬に乗る。

「まったくですにゃ。伸吉師匠よりも、はっきりしない人ですにゃ」

「みゃ」

まったく無関係の伸吉を巻き添えにしながら、二匹の猫骸骨は劉備を責め続ける。

「英雄なんて、やめてしまえばいいですにゃ」

「みゃ」

しぐれに返事をしなかっただけで、英雄をやめる必要もあるまい。

さすがの劉備も気に障《さわ》ったのか、饂飩を見つめる顔に朱が差した。三國志の英雄だけあって、威風堂々、中々の迫力がある。

「怒りましたにゃ」

「みゃ」

「まあ」

二匹の猫骸骨としぐれは、ささっと油虫《ごきぶり》のような素早さで、仲吉の背中に隠れた。

「だから、あたしを盾《たて》にするのはやめておくれよ」

「教え子を守るのも師匠の仕事ですわ」

「にゃあ」

「みゃ」

こんなときばかり師匠扱いする。

しかし、師匠と言われては逃げるわけにもいかない。逃げられるような性格なら、とうの昔に寺子屋から逃げ出している。問題は多いが、しぐれも猫骸骨も大切な教え子なのだ。

今や立ち上がっている劉備を宥《なだ》めるように、仲吉は言葉を投げかけた。

「落ち着こうよ、ね」

挑発したのは、しぐれと猫骸骨なのだが、他に言いようがない。

「落ち着いておる」

そう言いながらも、劉備は腰の剣に手を伸ばした。

「まあッ」

「にゃあッ」

「みゃッ」

しぐれと二匹の猫骸骨は、いっそう悲鳴を上げながら、伸吉を劉備に向けて突き飛ばした。

「ひどいよッ」

大声を上げたところで、足は止まらない。

劉備の前まで蹌踉《よろ》けるように行くと、がくりと膝を突いた。まるで、成敗される前の罪人のようである。

「首を刎《は》ねるには、ちょうどよいところに座ったな」

唐の名茶を啜りながら、小風が呟いた。

「なんで、あたしばかりがこんな目に――」

今さらながら、我が身の不幸を嘆く伸吉の前に、剣が突き出された。

「ひッ」

斬られるかと息を呑んだが、見れば、剣は鞘《さや》に収められたままである。

「抜き忘れておるぞ」

小風が余計なことを言うが、劉備は聞いていないようである。

三國志の英雄らしい重々しい口振りで、劉備は言う。

「その剣は伸吉師匠にやろう」

「へ？」

思わず、おかしな声が漏れてしまった。

唐のことはよく知らぬが、どこの世界を見回したって、自分の剣を町人にくれてやる武人などいないだろう。ましてや、劉備の剣は立派で、緒《お》には琅玕《ろうかん》の珠《たま》がぶら下げられている。どこをどう見ても、気安くもらえる代物ではあるまい。

「いや――」

と、尻込みする伸吉に、劉備は無理やりに剣を押しつける。

筆や唐傘より重い物を持ったことのない伸吉は、ずっしりと重い剣を押しつけられ、目を白黒させる。

「遠慮はいらぬ」

言葉を失った伸吉の代わりに、小風が口を開いた。

「馬鹿師匠に剣をくれてやるのはいいが、おぬしはどうするつもりだ？」

剣を捨てた劉備など、江戸の町に星の数ほどいる三國志好きの連中も納得しないだろう。貧しい筵売りから剣一本で、血の気の多い仲間たちとともに天下を目指してこその劉備玄徳なのだ。伸吉だって、納得できない。

しかし、劉備は言う。

「これからは剣の時代ではあるまい」

「うむ。そうだな」

小風はうなずく。

唐はともかく、少なくとも、江戸の町では武士よりも金のある商人の方が威張っている。金を借りるために、商人に頭を下げる武士など掃《は》いて捨てるほどいる。

「世の中、金次第ですにゃ」

「みゃ」

しぐれに毒されつつある二匹の猫骸骨が断言した。

「二人とも、よく分かっていますわ」

しぐれが愛弟子《まなでし》の成長に目を細める師匠のような顔で、二匹の猫骸骨の言葉にうなずいている。

誉《ほ》められると、調子に乗るのは、人も妖怪も同じである。

二匹の猫骸骨は劉備に聞く。

「あんた、お金を持ってますかにゃ?」

「みゃあ?」

唐の英雄など関係ない猫幽霊だけに、無礼な聞きようである。

「ある」

自信たっぷりに劉備が広げて見せたのは、かつてしぐれの物だった巾着袋である。

確かに銭は詰まっているが、しょせんは小銭、威張るほどの金額ではない。

それでも劉備は胸を張りながら言い放つ。

「この金を元手に商売を始める」

「何を始めるのですかにゃ？」

「みゃ？」

好奇心たっぷりといった風情で、二匹の猫骸骨は三國志の英雄に聞く。

食いかけの丼《どんぶり》をちらりと見ながら、劉備は宣言した。

「饂飩屋になる」

冗談を言っている顔つきではない。

「……あんた、馬鹿ですかにゃ？」

「みゃあ？」

二匹の猫骸骨が呆《あき》れたように言うが、劉備は聞いていない。

早速、饂飩屋の準備を始めるつもりなのか、意気揚々と寺子屋から出て行ってしまった。

しばしの沈黙の後、『通俗三國志』を見ながら、しぐれが呟いた。

「劉備玄徳が饂飩屋になるなんてお話は売れませんわ」

其ノ二 劉備玄徳、饂飩屋になるの巻

1

古今東西、〃武士の商売〃と言えば、当たらぬことのたとえだが、そもそも劉備は筵売りである。商売には慣れている。

「饂飩《うどん》、食わんかね～。食えば百人力の張飛饂飩。美しい髭《ひげ》が欲しいのなら関羽饂飩。油揚げをのせた孔明《こうめい》饂飩もあるよ～」

と、訳の分からぬ売り声を上げながら、〃劉備饂飩〃と看板に書かれた屋台を引いている。

ちなみに、劉備の屋台は大八車を改造したようなもので、文字通り、引くことが

できる。江戸で見かけたことがない屋台だけに、町中でもよく目立つ。

饂飩より蕎麦《そば》が好まれる江戸の町であったが、三國志を好む幽霊は多く、中でも蜀の英雄たちの贔屓《ひいき》は多い。

饂飩は飛ぶように売れた。すべての武将の名のついた饂飩を一人で食う客も珍しくないのだから、売れぬ方がどうかしている。

「予想通りですわ。最初から、三國志と言えば饂飩だと思っていましたわ」

「にゃあ」

「みゃあ」

儲け話には、とりあえず乗っておく、しぐれたちが大きくうなずいている。

英雄にはよくあることだが、劉備も金勘定に疎く至って大雑把《おおざっぱ》にできている。

筵売りこそやっていたが、そのときも、お小遣い制――つまり、稼ぎ全部を母親に渡し、自分は酒を呑む金をもらっていただけである。帳簿なんぞつけられるわけがない。

日々の売り上げや帳簿をしぐれに預け、いつの間にやら、劉備饂飩を乗っ取られたカタチとなってしまった。

「食べ物屋さんは儲かりますわ」

と、ほくほく顔で、二匹の猫骸骨を従え、この日の夜は江戸城の近くまでやって来ていた。

ちなみに、劉備饂飩の屋台を引いているのは伸吉と劉備である。暇を持て余した小風の顔も見えるが、八咫丸を肩に乗せ、ぶらぶらと歩いているだけで手伝う素振りも見せない。

しぐれは力仕事などやらぬし、二匹の猫骸骨は身体の構造上、力を使う仕事は苦手である。

結局、額に汗するのは伸吉の役割となるのだが、どうにも納得できない。

「どうして、あたしが――」

文句を言いかける伸吉を遮るように、しぐれは言う。

「伸吉お兄さまの傘も売っておりますわ」

だから、手伝って当然という理屈である。

屋台には何本かの伸吉の作った唐傘が飾られているが、誰一人として売り物と気づかない。伸吉の唐傘を売る気など、さらさらないのが丸分かりの飾り方だった。

伸吉はため息をつく。

「手伝うのはいいんだけどね……」

百歩譲って、無理やりに手伝わされるのは今さらとしても、伸吉には気にかかることがあった。

しぐれに聞く。

「お城の近くで饂飩なんて売って平気なの？」

武士と町人とでは身分だけではなく、住む場所も違う。

生まれも育ちも本所深川の伸吉としては、江戸城に近づいただけで、斬《き》り捨て御免――。ばっさりと斬られそうな気がするのだった。

しかも、今までの例から考えるに、ひゅうどろどろと辻斬《つじぎ》りか落ち武者の幽霊あたりが出て来そうである。

「このあたりに悪い幽霊や魍魎《もうりょう》はいませんわ」

当たり前のことを聞くなとばかりに、しぐれは言った。

伸吉は聞き返す。

「え？　本当？」

そんな話は今の今まで聞いたことがない。

「常識ですにゃ。このあたりにいるのは、にゃあたちみたいな良い化け物だけですにゃ」

「みゃあ」

二匹の猫骸骨がうなずいた。腹黒いしぐれは別としても、確かに猫骸骨は善良な化け物と言える。

江戸は四神相応《しじんそうおう》の地である。

町に魑魅魍魎《ちみ》が入って来ないように、四方に四神——すなわち、朱雀《すざく》、白虎《びゃっこ》、玄武《げんぶ》、青竜《せいりよう》を配している。そして、その中心に位置するのが江戸城なのである。

「江戸の町は守られてますすにゃ」

「みゃあ」

なぜか、二匹の猫骸骨が威張っている。

「風水の力も弱くなったがな」

独り言のように小風が呟いた。

江戸を風水都市にしたのは徳川家康の信任も厚かった天海《てんかい》であるが、時の流れとやらで風化しないものは世の中に一つもない。時が進むにつれ、天海の法力《ほうりき》も弱まりつつあるというのだ。

「へえ」

伸吉が感心していると、突然、しぐれが大声を上げた。

「売れませんわッ」

売れる売れない以前に、人通りがまるでないのだ。

「誰もいないんだから仕方ないよ」

伸吉の言葉に、しぐれは首を振る。

「姿が見えないだけで、幽霊はどこにでもいますわ」

嫌なことを言うが、しぐれの言葉は嘘ではない。

壁に耳あり障子に目ありと、幽霊たちは町に溢《あふ》れている。

今だって、姿を見せないだけで、伸吉たちの様子を窺《うかが》っているに違いあるまい。

「武士の幽霊は饂飩なんて食べないんじゃないの」

伸吉は言ってみた。何しろ、〝武士は食わねど高楊枝〟という言葉があるくらいなのだ。腹が減ろうと、屋台の饂飩など食うはずがない。

「誰にでも食欲はありますわ」

しぐれは断言する。

しかし、現に、客がいないのだから理屈をこねたところで諦めるしかあるまい。

「本所深川に帰ろうよ、しぐれ」

伸吉の言葉に口を開いたのは劉備であった。

「宣伝が足りぬ」

打てば響く鐘の音のように、しぐれが言う。

「しぐれ一座の出番ですわ」

2

江戸城近くの増上寺に、もくもくと白い煙が立ち始めた。今にも化け物が現れそうな雰囲気だが、この煙は霧の類《たぐい》ではない。

「相変わらず、よいにおいをさせておるな」

小風が鼻をひくひくと動かしている。

境内《けいだい》の片隅で、猫骸骨が必死に秋刀魚《さんま》を焼いている。七輪《しちりん》の炭火で焼かれている秋刀魚は、ほどよく焦げ目がつき始め、そろそろ食べごろである。

「大根おろしと醤油《しょうゆ》が欲しいところだ」

小風の言葉に、伸吉の腹の虫がぐるると鳴ったが、猫骸骨は飯の支度をしているわけではない。

旨《うま》そうな秋刀魚の煙を掻《か》き分けるようにして、銭模様の小さな唐傘が、

ぱらり――

――と、開いた。

「咲かぬなら咲かせてみせよう、銭の花」

「みゃッ」

夜の増上寺に現れたのは、〝唐傘小風〟ならぬ〝唐傘しぐれ〟であった。しぐれの右肩には八咫丸ならぬチビ猫骸骨が乗っている。

見れば、しぐれは白粉《おしろい》をべったりと塗っており、口上と言い、まるで場末の歌舞

伎役者のようである。

「だんだん小風から離れて行くね」

「うむ」

もともと、この見世物小芝居は、幽霊退治で名を売った小風の登場を真似たものである。

設定だけ真似て、だんだん収拾がつかなくなるのはよくある話で、今となっては、しぐれも訳が分からなくなっている。八咫丸の代わりに、チビ猫骸骨を肩に乗せたところで、すでに間違った道を歩んでいるのだが。

それでも、しぐれはめげない。誰もいない境内で声を張り上げる。

「本日はお集まり頂いて感謝ですわッ」

「みゃッ」

しぐれとチビ猫骸骨の声ばかりが、増上寺に空《むな》しく谺《こだま》する。

いっこうに見物客の「け」の字もない中、やけくそのように、しぐれとチビ猫骸骨は口上を続ける。

「戦国時代はもう古いですわッ。時代は唐、男は三國志ですわッ」

「みゃッ」
とたんに、どこからともなく、生あたたかい風が、
ひゅうどろどろ――――
――と、吹き始めた。

「小風、何か来るよッ」

仲吉は悲鳴を上げるが、小風は眉《まゆ》一つ動かさずに言い返す。

「幽霊であろう。三國志は人気があるからな」

小風の言葉に力を得たように、しぐれの声がさらに大きくなる。

「劉備玄徳と関羽雲長《うんちょう》の夢の対決をごらんあそばせッ」

「ええッ、関羽?」

しぐれのインチキぶりをよく知っている仲吉でさえも驚いた。

関羽と言えば、劉備の股肱《ここう》にして、身丈が九尺、髭の長さが二尺もある伝説の偉丈夫である。神格化され関帝《かんてい》と呼ばれ、軍神、財神として祀《まつ》られている。豪傑揃い

の三國志の中にあって、関羽が最強という者も多い。

しかも、関羽は強いだけではない。

どんなに好条件で誘われても寝返ることなく、劉備の股肱として生涯を終えた〝義〟の男でもあった。当然ながら、劉備に刃《やいば》を向けたりはしない。

その関羽が劉備と対決するというのだ。

仕切っているのがしぐれだけに半信半疑だが、それでも夢の対決に伸吉の期待は高まる。

「すごい対決だねえ」

「うむ」

小風も真面目な顔で、しぐれ一座を見つめている。

息を呑んだのは、伸吉と小風だけではなかった。

誰もいなかったはずの増上寺の境内から、ざわざわとざわめき声が聞こえ始めている。

「……聞いたか？」

「……劉備と関羽の立ち合いと申しておりました」

「……見たいのう」

「……御意でございます。されど、あの小娘はしぐれでござる」

「……む？　しぐれとは何者であるか？」

「……地獄の閻魔《えんま》さえ従える極悪人と聞いております」

「……何？　閻魔を？　恐ろしい娘だ。出て行くのはよそう」

「……それがよろしいかと存じます」

声は聞こえど、誰も姿を見せない。しぐれの悪名が高すぎて、さすがの武士の幽霊たちも怯えているのであった。

届いているはずの声をすらりと無視して、しぐれは大声を上げ続ける。

「それでは、まず劉備玄徳様ですわッ」

もくもくと上がり続ける秋刀魚の煙を掻き分けるようにして、正真正銘、本物の劉備玄徳が現れた。

「おおッ」

四方八方から、響動《どよ》めき声が上がった。

七尺五寸の身体に唐《もろこし》風の甲冑《かっちゅう》を身に纏い、異国の剣を帯《は》いた姿は、三國志の大英雄、さすがに絵になる。先刻まで饂飩屋の屋台を引いていた男には見えない。

甲冑の背中に〝劉備饂飩〟と書かれているのが気になるところだが、本物の劉備であることは三國志好きなら誰でも分かる。

本物の劉備玄徳を目の当《ま》たりにして、我慢できなくなったのだろう。増上寺の境内に、ひゅうどろどろと生あたたかい風がいくつも吹き、ぽつりぽつりと人影が見え始めた。

「……本物でござる」

「……しぐれも改心したのかもしれませぬな」

「……うむ。ならば近くで見たいのう」

「……参りますか」

客と見るや、七輪で秋刀魚を焼いていた猫骸骨が動き出す。

「師匠、秋刀魚を頼みますにゃ。くれぐれも焦がしてはいけませんにゃ」

と、伸吉に団扇《うちわ》と七輪を押しつけ、屋台へと走った。何をしようとしているのか、聞かずとも分かる。

案の定、屋台の中から、猫骸骨の売り声が響いた。

「饂飩ですにゃッ。劉備饂飩を食べれば、三國志の英雄になれますにゃッ」

本物の劉備を見て、この売り文句は効果がある。幽霊たちが屋台に殺到した。

「……拙者《せっしゃ》は張飛になりたい」

「……余は諸葛《しょかつ》亮孔明がよいのう」

「……曹操《そうそう》も捨て難《がと》うござる」

盆と正月が一緒に来たように盛り上がっている。いつものことながら、名前が違うだけの饂飩を一人で何杯も食う幽霊が何人もいた。

そんな男の幽霊どもを見て、小風が呆れ顔で呟いた。

「なれるわけなかろう」

劉備饂飩は飛ぶように売れて行く。言うまでもないことだが、買って行くのは男の幽霊ばかりである。女の幽霊は、ろくに姿さえ見せない。

三國志の英雄になれるなんぞ嘘だと知りながらも、世の中、万一ということがある。何しろ、饂飩を作っているのは劉備本人なのだ。伸吉も劉備饂飩を食いたかった。

「男とは仕方のない生き物だな」

伸吉の心中を見抜いたように小風が呟いた。

一方、境内では、本物の劉備玄徳の登場に、見物客がどんどん膨れ上がっている。今にも増上寺から、見物客が溢れそうな勢いであった。

見物客の顔が、金に見えているであろうしぐれは満面の笑みを浮かべ、さらに、口上を続ける。

「劉備玄徳の股肱にして、三國志最強の男の呼び声も高い関羽雲長ですわッ」

「おおッ」

大歓声に増上寺が揺れた。

しかし、関羽は現れない。幽霊たちの間に、ざわざわとざわめきが波紋のように広がって行く。

「……騙《だま》されたんじゃねえか?」

「……しぐれでござるからな」

「……出て来た拙者が馬鹿でござった」

不穏な空気を吹き飛ばすように、しぐれが大声を上げる。

「関羽おじさまはそこまで来てますわッ」

猫骸骨が見物客を煽《あお》る。

「みんなで関羽を呼びますにゃッ」

関羽見たさに、増上寺の幽霊たちが一体となる。

「関羽ッ、関羽ッ、関羽ッ」

気づいたときには、伸吉も関羽の名を叫んでいた。

地べたが割れそうな声援の中、どこからともなく一人の男が姿を見せた。

派手な錦の戦《いくさ》装束に、伝説通りの二尺の髭を伸ばしている。

「うおッ、本物の関羽だッ」

見物客たちの興奮は、頂点に達しようとしていた。

そんな中、一人の痩《や》せた老僧が劉備饂飩の屋台の前にやって来た。金柑《きんかん》によく似た見事な禿《は》げ頭の持ち主である。劉備や関羽に興味がないのか、退屈そうな顔をしている。

矍鑠《かくしゃく》とした声で老僧は言う。

「温かい饂飩をくれぬか？」

劉備は境内の真ん中に立っているし、猫骸骨は観客を煽るのに忙しい。小風でさえ、関羽を見つめている。

　仕方なく、伸吉は注文を受ける。

「少々、お待ちください」

　客商売では御法度《ごはっと》の渋い声が出てしまった。関羽のことが気になって饂飩を作る気になどなれないのだ。饂飩なんぞを作っているうちに関羽を見逃したら、死んでも死に切れない。

　伸吉の心の中を読み切ったように、老僧はぽつりと呟く。

「あれは関羽ではない」

「え？」

　伸吉は聞き返す。

「見れば分かろう。あれは関羽ではない」

　老僧は言い切った。

　その言葉が本当ならば一大事である。三國志好きの幽霊たちが、暴動を起こしかねない。

　しかし、言われてみれば、目の前の関羽はやたらと小さい。さらに、その顎《あご》をよくよく見れば、付け髭のように見える。

「まさか、あれって……」

伸吉は呟いた。まさかもやぶさかもない。しぐれ一座で変装をする男など一人しかいない。

天下を取った戦国武将の幽霊の名を口にした。

「上総介」

織田信長の名で親しまれ、戦国時代には悪鬼のごとく恐れられた男である。その織田信長上総介が幽霊となり、江戸の世の本所深川で、しぐれの手下をやっているのだ。

最初は、しぐれに無理《むり》強《じ》いされて嫌々やっていたであろう変装も、今ではすっかり板につき、衣装なども自分で揃えているという。

今も、見るからに上機嫌で関羽の格好をしている。

「相変わらず、訳の分からん男だのう」

老僧が呟いた。

3

大歓声の中、上総介は込み上げて来る笑みを必死に噛《か》み殺していた。

生前は〝第六天魔王〟と恐れられた上総介だが、幽霊になってみると、九つの幼女の幽霊に頭が上がらず、顎で扱き使われる日々を送っていた。

これまでも、天下の織田信長に、加藤清正だの豊臣秀吉だのの格好をさせ見世物にするのだから、しぐれはひどい娘である。

ここだけの話、あまりのひどい扱いに、何度も死のうと思ったが、考えるまでもなく、上総介は幽霊――死人である。さらに自害したところで、何かが変わるとは思えなかった。家出するにしても、行く当てなどない。仕方なく、嫌々ながら、しぐれの言いなりになっていた。

だが、今日は違う。上総介の顔には、幸福の笑みが浮かび続けている。

関羽雲長――。

男なら誰もが憧れる三國志の英雄になれるのだ。

しかも、目の前には劉備が立っている。劉備に叩きのめされるのが、今日の上総介の役どころである。

最初は関羽の格好をできるだけで満足だった。

しかし、歓声に包まれているうちに、上総介の頭に一つの考えが浮かび始めていた。

〝劉備を倒せば、もっと英雄になれる〟

劉備を斬り殺した後で関羽の扮装を脱ぎ捨て、「織田信長、ここにあり」と知らしめる。そうすれば、一躍、上総介は劉備や関羽を超える英雄になれるのである。

使い慣れぬ唐の刀――八十二斤《きん》の青竜偃月刀《えんげつとう》は少しばかり重いが、人を殺すにはうってつけに思える。

「天下布武《てんかふぶ》か」

忘れかけていた言葉が、上総介の口から落ちた。その言葉は、忘れていた力を上総介に思い起こさせる。

そこらの女子供より重い青竜偃月刀を、上総介は軽々と振り上げた。

「劉備、覚悟しろッ」

雄叫《おたけ》びを上げる上総介を見て、猫骸骨が焦り始める。

「駄目ですにゃッ。殺したら大損ですにゃッ」

猫骸骨が足にまとわりついたが、上総介は気にしなかった。

青竜偃月刀を振り上げた姿勢のまま、上総介は劉備に言う。

「どちらが本物の英雄か勝負だ」

「おおッ」

耳を劈《つんざ》く歓声に後押しされるように劉備の脳天を目がけ、青竜偃月刀を振り下ろそうとしたとき、耳障りな声が上総介の耳を打った。

「空気が読めん性格《ところ》も、相変わらずのようだのう」

上総介の手から、青竜偃月刀がぽろりと落ち、足もとに纏わりついていた猫骸骨の頭に、ごつんと当たった。

「にゃッ」

どさりと猫骸骨の倒れる音が聞こえたが、今は猫の妖怪ごときに構っている場合ではない。

まさかと思いつつ、耳障りな声のした方向に目をやると、金柑頭の老僧が饂飩を啜っている。

記憶の中のあやつより、ずいぶんと老けて皺《しわ》くちゃだが、金柑頭と生意気な物言いを忘れることはない。

「質問に答えろ」

「少しは自分で考えたらどうだね」

上総介は金柑頭の老僧に言う。

「きさまが、なぜ、ここにいる？」

「餛飩を食って悪いか？」

戦国時代と少しも変わらぬ、生意気な言いようである。

呆気《あっけ》なく、上総介の堪忍袋の緒が切れた。

目が眩《くら》むほどの怒りに襲われながら、上総介は金柑頭を怒鳴りつけた。

「光秀《みつひで》ッ、推参なりッ」

上総介の怒声が増上寺に響き渡った。

「……光秀って、あの明智《あけち》光秀かい？」

「……そのようでござるな」

「……三國志に、明智光秀なんて出て来たっけ？」

「……さあ」

見物客が騒ぎ出したが、上総介の耳には入らなかった。もはや、関羽の真似をしているときではない。

江戸の世に、憎き明智光秀が現れたのだ。上総介の取るべき道は一つしかない。

「成敗してくれるッ」

青竜偃月刀を拾い上げ、天下布武の夢を打ち砕いた裏切り者を、一刻も早く手討ちにしようと、詰め寄った。

そのとき、赤い唐傘が、

ぱらり――
――と、開いた。

行く手に立ちはだかったのは、小風であった。

鋭い目つきで小風は言う。

「やめておけ、上総介」

「小風師匠、邪魔をするなッ」

怒声を上げたとたんに、唐傘でぽかりッと殴られた。加減を知らぬ娘の幽霊だけに、涙が滲《にじ》むほどに痛い。

「何をする……？」

思わず、声が掠《かす》れた。上総介の目には、小風が光秀の味方をしているように見えた。光秀が謀反《むほん》を起こしたときも、何人かの家来が「自業自得」と上総介を責めた。世の中に、味方なんぞ一人もいないような気がしてきた上総介であった。

そんな上総介と小風を、見物客たちが息を吞んで見守っている。

三國志の英雄たちを目当てに集まった見物客たちだが、本物の〝唐傘小風〟を見られるのなら不満はないのだろう。再び、盛り上がりを見せている。

「……劉備や関羽もいいけど、やっぱり江戸っ子は小風でござるな」

「……まったく、まったく」

しぐれの目配せを受け、猫骸骨が屋台に無造作に置かれている伸吉の唐傘を売り始める。

「この唐傘を持てば、あなたも〝唐傘小風〟ですにゃ」

一瞬の静寂の後、見物客の幽霊たちが、再び、屋台に殺到した。

「……唐傘を売ってくれ」

「……こっちにも頼むでござる」

「……こっちが先だッ」

飛ぶように唐傘が売れる中、小風は言う。

「天海を殺してはならん」

「天海だと？　こやつは明智光秀といううつけだ」

「おぬしは何も知らぬようだな。天海も知らぬのか？」

ため息混じりに、小風は呟いた。

「天海くらい知っている。家康の腰巾着であろう」

上総介は答えた。小僧の家康の腰巾着なのだから、たいした男ではあるまい。

「本当に何も知らぬのだな……」

独り言のように小風は呟いた。娘の幽霊の声は、上総介を哀れんでいるようにも聞こえる。

気の短い上総介は焦《じ》れる。

「はっきり言ってくれぬかッ」

小風は言う。

「天海の正体は明智光秀なのだ」

再び、上総介の手から青竜偃月刀がぽろりと落ちた。

4

天正十年、後の世で言うところの西暦一五八二年、明智光秀は主君であった織田信長に刃を向けた。

猛《たけ》き者が栄え、弱き者が滅ぶ戦国の理《ことわり》からすれば、光秀が信長を討つことに理由はいらない。

光秀も天下が欲しかった――。それだけのことである。武に優れていたが、敵が多い上に、隙《すき》だらけの信長など、仮に光秀が討たずとも、誰かに寝首を掻かれていただろう。実際、信長を討つのは造作もなかった。

しかし、光秀は天下人《てんかびと》になれなかった。

「光秀《あやつ》は天下人の器量ではないわ」

後に豊臣秀吉《とよとみひでよし》と呼ばれることになる男は口癖のように言っていた。そして、その言葉は腹の立つほどに正しかった。

信長を倒し天下を手中に収めたはずの光秀の下に、誰一人としてやって来なかったのだ。

力こそ正義の戦国乱世だけに、このとき、武将たちが光秀の傘下に入っていれば、歴史は大きく変わったであろう。

備中から舞い戻って来た秀吉により、光秀は逆賊の汚名を着せられ天下人の座から追われた。後の世で言うところの〝三日天下〟である。

影武者が討たれ、光秀は死んだことになったが、もちろん、二度と世に出ることはできない。それどころか、親類縁者を頼ることすらできぬのだ。

——生き延びねばよかった。

光秀はため息をついた。

行き場のない光秀を保護してくれたのは、後に天下人となる徳川家康であった。

家康は光秀に言った。

「おぬしは天下人の器ではないが、民を治める才はある。この家康の影となり、その才を発揮してみよ」

戦国乱世を終わらせた男だけに、家康は光秀の胸の内を見抜いていた。

戦国武将と呼ばれているが、実のところ、光秀は合戦を嫌っていた。

合戦をしたいのではなく、平和な世を作りたいのだ。信長を殺したのも、平和からほど遠いやり口に嫌気が差したのであった。

「三河《みかわ》殿に力を貸そう」

こうして光秀は頭を丸め、名も〝天海〟とした。

やがて、秀吉が死に家康が天下人となると、天海は表舞台に躍り出た。

江戸に幕府を置き、町を作ったものの、もともとが草深い土地だけに妖《あや》かしも多く、町の治安を乱している。相手が妖かしということもあって、人の子の力では町を守ることが難しく、殺されてしまう者も増え始めていた。

「このままでは滅んでしまう」

焦燥に駆られ、光秀は江戸を四神相応の地とし、妖かしどもの侵入を防ごうとした。

江戸の入口とも言える本所深川に、強い霊力を持つ一族を置き、妖かしや幽霊たちを退治しようとした。

〝風使い〟

戦国時代には、風魔と呼ばれていた一族である。風だけではなく、雲や雨を自由に操り、江戸の町を守っていたのだ。

人に色々あるように、幽霊の性格も様々で、中には成仏できずに彷徨《さまよ》っている哀れな幽霊もいたという。

「退治するばかりが能ではあるまい」

と、独り言のように言い、幽霊を退治することを拒む〝風使い〟もいた。

成仏することを嫌がり本所深川に棲《す》みつき、〝風使い〟に懐《なつ》き、ともに江戸の治安を守ろうとする幽霊もちらほらと現れたという。

「幽霊の味方とは心強い」

天海は言った。

幽霊に会うことはしなかったが、祈るように呟いていた。

「我が国を守ってくれ」

光陰矢の如《ごと》しとはよく言ったもので、人の子である天海の寿命が尽きるときが訪れた。手を尽くすことなく、寿命を受け入れ、天海は死んだ。

しかし、僧侶としての修行も積んだ天海だが、町の治安が気にかかり、成仏することができなかった。

幽霊となり、今も江戸の町を守っているというのだ。

5

「へえ、大変だねえ」

天海の話を聞き終え、伸吉は呟いた。

家康が江戸に幕府を開いてから、百五十年以上もの歳月が流れているが、多少のいざこざこそあれ、合戦もなく、町は平和そのものだった。

天下泰平の世しか知らぬ伸吉にとって、天海の話は重く、そして絵空事にしか聞こえない。

「平和の陰には、誰かの犠牲がつきものですにゃ」

独り言のように、猫骸骨は呟いた。実際に、天海は死んだ後も幽霊となり、江戸を守り続けているのだ。

「化け物から町を守るなんて凄いねえ」

しきりに感心していると、天海から言葉が飛んで来た。

「おぬし、何を他人事《ひとごと》のように言っておるか」

「へ？」

きょとんとした顔で聞き返す伸吉に、重ねて天海は聞く。

「卯女《うめ》はおぬしの祖母であろう？」

「ど、ど、どうして、お祖母《ばあ》ちゃんの名を知ってるの？」

話の展開について行けず、伸吉は目を白黒させる。江戸の町を作った天海と祖母のつながりが分からなかった。

すると、今度は天海が怪訝《けげん》な顔になる。

「何を驚いておるのだ？　卯女が何者か知っておろうが？」

「寺子屋の女師匠」

伸吉は答えた。それも、本所深川で評判の女師匠だったはずである。

「おぬし、本当に何も知らぬのだな」

呆れたように、天海はため息をつき、右肩に八咫丸を乗せたまま黙っている小風に話しかけた。

「なぜ、教えてやらぬのだ？」

「知る必要などない」

素《そ》っ気《け》ない声で小風は言うが、天海と娘の幽霊が知り合いであることは伸吉でも分かる。

卯女の名を天海が知っていることと言い、小風の思わせぶりな様子と言い、伸吉の知らぬことがあるらしい。

「小風、いったい、どういうことなの？」

伸吉が聞くが、娘の幽霊は教えてくれない。

「馬鹿師匠には関係のないことだ。知らなくともよい」

小風は言った。

饂飩屋を店仕舞いにして寺子屋に帰って来ると、教場の机の上に一枚の手紙が置かれていた。

※

誰の手紙なのかは、すぐに分かった。封筒には、金色の文字で〃天下布武〃と大きく書かれている。こんな封筒を使うのは一人しかいない。

「上総介おじさまですわ」

分かり切ったことを口にすると、しぐれは手紙に手を伸ばした。

びりびりと封筒の封を切ると、下手くそな文字が目に飛び込んで来た。

『さらばだ。上総介』

「大変ですわッ。上総介おじさまが家出してしまいましたわッ」

しぐれが目を丸くした。

手紙には書かれていなかったが、上総介の家出の理由は明白である。

「焼き殺されたんだよね」

本能寺の変のことを思い浮かべただけで、伸吉の胸は苦しくなる。

天海は「隙だらけ」と言っていたが、それだけ上総介は仲間のことを信じていたのだろう。

「何だか、かわいそうだねえ……」

行く当てもなく、彷徨い歩く上総介の姿を思い浮かべる。

伸吉たちは足を棒にして上総介をさがし回った。

しかし、上総介の気配はどこにもなかった。

江戸は広く、人の数も多い。子供が迷子になっても滅多に見つからないのに、大人――それも幽霊の家出とあっては、どんなにさがしたところで、骨折り損のくたびれ儲け、誰がどう考えたって見つかるはずがない。

命の危険のある子供と違い、家出したのが死ぬことのない幽霊だけに、今一つ緊迫感に欠けるのも確かだった。

大騒ぎしたくせに、しぐれは上総介さがしに飽きてしまっている。

「お腹が空いたら帰って来ると思いますわ」

上総介を飼い犬か何かと間違えている。

「あのねえ……」

伸吉はため息をつくが、やはり家出幽霊を放っておけず、真面目にさがし回るのだった。

其ノ三　伸吉、見合いをするの巻

1

上総介が家出してから三日目の夜、疲れ果てた伸吉は大川堤に座り込んでしまった。

すぐ近くには、伸吉と同じく真面目な性格の劉備がいた。いつの間にやら、上総介をさがしているのは、伸吉と劉備だけとなっていた。

ちなみに、縁もゆかりもない劉備が、上総介さがしを手伝ってくれる理由は分からない。

冬も近い夜の大川を見ながら、しゃべるともなしに、二人は話を始めた。

「伸吉師匠は変わっておるな」

劉備は独り言のように言った。

「そうですかねえ」

伸吉は首をひねった。我ながら、臆病者であることを除けば、どこにでもいる男のように思える。少なくとも、三國志の英雄に感心されるような男ではあるまい。

首を傾《かし》げる伸吉に、劉備は質問を投げかけてきた。

「どうして、幽霊と暮らしているのかな？」

「どうしてって……」

伸吉は答えに詰まる。

勝手に居候されたということにしているが、伸吉が「出て行け」と言えば、出て行くだろう。

小風に惚《ほ》れているということもあるが、それだけではないような気がする。昼間、人の子相手に寺子屋の師匠をやっているときでも、ときどき、しぐれや猫骸骨たちのことを考えることがあった。

もはや、幽霊たちは家族のようなもので、伸吉自身、幽霊の世の住人のように暮らしている。今となっては、幽霊たちと一緒にいることをおかしいとさえ思わない。

劉備は問いを重ねる。

「妻や子を持とうとは思わぬのか？」

「そんな――」

まだ早いよと言いかけて、仲吉は自分の言葉を呑み込んだ。

卯女に養われ、手に職をつけることなく暮らしてきたため、いつまでも子供のつもりでいたが二十歳をすぎている。近所の二十歳を見てみれば、すでに妻を娶《めと》り、何人もの子を持っている者も珍しくない。

「あたしも、そのうち、結婚するんだろうね」

他人事のように言ってみた。

「では、幽霊たちとは結婚するまでの付き合いなのだな？」

劉備は聞いた。

「あ」

その日その日の暮らしに夢中で、この先のことなど、少しも考えていなかった。

劉備の言うように、人の娘と結婚するのなら、幽霊たちと別れざるを得まい。

「でも、小風が――」

　思いを寄せる娘の幽霊の名が、伸吉の口から零れ落ちた。

「小風殿？　美しい娘だが、あれは幽霊ではないのか？」

　劉備は怪訝な顔をした後、何かを思いついたように、ぽんッと手を打ち、そして、真面目な顔で伸吉に言う。

「小風殿に惚れていたのか」

「まあ……」

　伸吉も力なくうなずいた。人徳とやらなのか、劉備を前にすると、なぜか本当のことを言ってしまう。

　伸吉は言い訳のように付け加える。

「相手にされていないことは知ってるんだ」

　卑下するつもりはないが、稼ぎもなければ度胸もない。たとえ伸吉が女だとしても、自分のような情けない男は選ぶまい。

　情けないと、一喝されると思いきや、劉備は静かにうなずいた。

「うむ」

伸吉を諭すように劉備は言う。

「人には人の世があり、幽霊には幽霊の世がある。たとえ思い合っていても報われぬのだ」

「そんな――」

食い下がろうとする伸吉を遮るように劉備は言う。

「忘れてしまえ」

「え？」

「幽霊のことなど忘れて、人として生きるのだ、伸吉師匠」

劉備は言った。

2

劉備に諭された次の日、日が沈んだとたん、寺子屋に傘平がやって来た。

傘平というのは、近所の傘屋の隠居で、伸吉の祖母の卯女とも親交のあったじいさんである。卯女が死んでから、伸吉のことを気にかけてくれている。伸吉に傘作りを教えたのも、この傘平である。

寺子屋にやって来るなり、ろくに挨拶もせず、傘平は伸吉に言った。

「おうッ、伸吉師匠、嫁をもらいなッ」

気の短い江戸前の職人らしく、いつだって傘平は何の前置きもない。

「嫁って？」

いつものことながら、伸吉は話についていけない。目を丸くするだけで精いっぱいであった。

年寄りは急に止まらない。

傘平は伸吉の腕を摑《つか》むと、年寄りとは思えぬ強い力で引っ張り始めた。

「そうと決まったら、話は早《はえ》え方がいい」

何も言っていないのに、傘平の中では伸吉が賛成したことになっている。

「ええと……」

自分の身に何が起こっているのかも分からず戸惑っている伸吉を、ずるずると引きずり出した。

傘平は自信たっぷりに言う。

「泥船に乗ったつもりで、何もかも、あっしに任せておきなせえ」

「泥船って……」

そんなものに乗ったら沈んでしまう。

「おっといけねえ。間違えちまった。〝泥船〟じゃねえ。〝大船〟だ」

「はあ」

「まあ、泥船も大船も似たようなもんだ」

独り言のように傘平は言った。


傘平に引っ張られるようにして伸吉がやって来たのは、大川堤のすぐ近くにある〝玉串屋〟という少しばかり洒落《しゃれ》た店だった。見合いだの、羽振りのいい商人同士の会合だのといった改まった席を設けられることが多い。

貧乏金なしで改まることのない伸吉には敷居が高く、これまで一度も入ったことのない店である。

「おうッ、ここだ。ここで待ってるぜ」

誰が待っているのか言いもせず、傘平は店へ入ろうとする。

伸吉は尻込みする。

「傘平さん、まずいですよ。こんな格好で――」

伸吉は普段着のままだった。

「不味《まず》いって？　玉串屋の飯は旨《うめ》えって聞くぜ」

仕事着に鉢巻きを巻いたまま、傘平は伸吉を引きずるように玉串屋に入って行くのであった。

3

目を丸くするばかりの伸吉は気づかなかったが、玉串屋へやって来た二人の後を三つの小さな影がつけていた。

猫骸骨とチビ猫骸骨、それに、しぐれである。

二匹と一人は玉串屋を値踏みしている。

「伸吉師匠のお見合い相手がここにいますにゃ」

「みゃ」

「儲かっていそうなお店ね」

「派手に提灯《ちょうちん》がついてますにゃ」

「みゃ」

幽霊や化け物の支配するはずの夜であるが、このころでは、提灯やら行灯《あんどん》やらのおかげで夜でも昼間のように明るかった。

玉串屋のように、幽霊の跋扈《ばっこ》する時刻になっても臆《おく》することなく、暖簾《のれん》を掲げている店は珍しくない。

「だんだん化け物が棲みにくい世の中になりますにゃ」

「みゃあ」

物思いに耽《ふけ》る二匹の猫骸骨を尻目に、しぐれは張り切っている。

「時代は食べ物屋さんですわ。お金は眠りませんわ」

劉備饂飩の成功に味を占めたのか、しぐれは食い物屋を本格的に始めたがっている。

「〝しぐれ亭〟なんてどうかしら？」

店の名を考え出したしぐれを見て、猫骸骨はため息をつく。

「今日はお金儲けに来たのではありませんにゃ。伸吉師匠を心配して来たのですにゃ」

「みゃ」

しかし、しぐれは聞く耳を持たない。

「まずは敵情視察ですわ。お店の中に入りますわよ。場合によっては乗っ取りますわよ」

言うだけ言って玉串屋に入って行ってしまった。

ぽつりと取り残された猫骸骨とチビ猫骸骨の頬を、ひゅうどろどろと生ぬるい風が撫《な》でた。

風に吹き消されたのか、はたまた、ただ単に油が切れただけなのか、不意に提灯が消えた。今まで明るかっただけに、やたらと暗く思え、今にも化け物が出て来そうな風情である。

「にゃあ……」

「みゃあ……」

人の子が盗人や辻斬りを恐れるように、妖怪だって自分に害をなすかもしれない化け物は怖い。殊に、伸吉に懐いているだけあって、二匹の猫骸骨は臆病だった。

「待ってくださいにゃッ。にゃあも行きますにゃッ」

「みャッ」

二匹の猫骸骨は、しぐれの後を追った。


改まった席を設ける洒落た店だけあって、玉串屋の中は広々としていた。

磨き上げられた廊下の上を、しぐれと二匹の猫骸骨は歩いて行く。

人の子に見えない幽霊なのに、しぐれたちの足取りは、抜き足差し足、まるで泥棒のようである。

「どこに金目《かねめ》の物があるのかしら？」

すっかり、しぐれはその気になっている。

その気になりやすいのは、しぐればかりではない。

「にゃあは鯛《たい》のお刺身が食べたいですにゃ」

「みゃあ」

二匹の猫骸骨が泥棒猫と化していた。今にも、お魚くわえて駆け出しそうな顔をしている。

本物の泥棒になりかけたしぐれたちの耳に、聞きおぼえのある無駄に威勢のいい声が聞こえてきた。

「立派な店だねえ。いやあ、たいしたものだ」

紛《まご》うかたのない傘平の声である。

洒落た料理屋で、傘平は場違いな大声でしゃべり続ける。

「おうッ、酒だッ。あっしに酒をくんな。見合いに酒は大昔からつきものだぜ」

「……お花見と間違えてますにゃ」

「……みゃ」

二匹の猫骸骨は呆れるが、場違いな大声のおかげで、伸吉の居場所が分かった。

「あっちですわ」

しぐれは言うと、傘平の声が聞こえる部屋の襖《ふすま》の隙間から覗《のぞ》き込んだ。釣られたように、二匹の猫骸骨も部屋を覗き込む。

「伸吉師匠がいますにゃ」

「みゃあ」

見れば、襖の向こうに伸吉が座っている。

根性なしの伸吉だけに、見合いの席に緊張して、真冬の氷のようにカチンコチンになっている。

「相変わらず情けないですにゃ」

「みゃ」

傘平一人が上機嫌で、見合い相手に伸吉を紹介している。

「あっしの隣に座っているこんにゃくみてえな男が伸吉師匠でやす。見かけは、こんにゃくだが、中身は、もっと、こんにゃくときたもんだ」

すっかり酔っ払っているらしく、大口を開けて笑っている。仲人というよりは、縁談を壊そうとしているようにしか見えない。

「伸吉お兄さまの春は遠そうね」

独り言のように、しぐれが呟いた。

「よかったですにゃ」

「みゃあ」

二匹の猫骸骨が胸を撫で下ろした。

仲のよい家族のように暮らしている伸吉と幽霊たちだが、言うまでもなく本当の家族ではない。

伸吉が人の娘と結婚して、本当の家族を持ったとしたら、幽霊たちの居場所などなくなってしまうだろう。

猫骸骨は伸吉のいる寺子屋から出て行きたくなかった。

「こんにゃく師匠を好きになる娘はいませんにゃ」

「みゃあ」

二匹の猫骸骨は決めつけているが、恋は思案の外、襖の向こうでは見合い相手の娘がくすくすと笑い出していた。

「これ、お美和《みわ》、伸吉師匠に失礼でしょ」

母親らしき女の言葉に、慌てて笑いを引っ込め、見合い相手――お美和は伸吉に頭を下げる。

「申し訳ございません。つい――」

謝るそばから、吹き出している。

恥を掻いて緊張が解《ほぐ》れたのか、珍しく気楽な様子で、伸吉がお美和に言う。

「気にしないでください。笑われることには慣れてますから」

情けない伸吉の言葉に、いっそうお美和が笑い転げる。傘平が見つけて来た伸吉の見合い相手は、よく笑う明るい娘らしい。

「まったく、あなたって子は」

母親が呆れているが、お美和本人は楽しげに笑い続けている。

「……いい雰囲気ですにゃ」

「……みゃあ」

二匹の猫骸骨は助けを求めるように、しぐれの顔を見る。他に頼る相手がいないのである。

しぐれは呟く。

「結婚してしまいそうですわね」

襖の向こうでは伸吉が微笑《ほほえ》んでいる。人の子相手に楽しそうに笑う伸吉を見るのは、猫骸骨もしぐれも初めてのことだった。

「伸吉お兄さまって、あんなふうに笑うのね」

しぐれがぽつりと言った。

「居場所がなくなりますにゃ……」

「みゃあ……」

「新しいお家をさがしますにゃ……」

「みゃあ……」

すっかり、二匹の猫骸骨は萎《しお》れてしまっている。

そんな猫骸骨二匹に追い打ちをかけるように、しぐれがぼそりと呟く。

「今日日《きょうび》、お家賃も安くないですわよ」

「お金ありませんにゃ」

「みゃ」

「だったら、野良になるしかなくてよ。野良猫骸骨にチビ野良猫骸骨ですわ」

「嫌ですにゃッ」

「みゃあッ」

二匹の猫骸骨は飛び上がった。二匹とも野良だった時代があるだけに、〝野良猫〟という言葉には敏感である。

泣きそうな顔で、しぐれに聞く。

「野良になりたくありませんにゃ。どうしたら、いいですかにゃ？」

「みゃあ？」

「難しい問題ですわ」

しぐれは腕を組んでいる。

「助けてくださいにゃ。何でもしますにゃ」

「みゃあ」

懇願する二匹の猫骸骨に、重々しい口振りでしぐれは言う。

「方法は一つしかありませんわよ」

「何ですかにゃ？」

「みゃ？」

「伸吉お兄さまのお見合いをぶち壊すのよ。まずは――」

悪巧《わるだく》みを言いかけたとたん、しぐれの小さな身が、ふわりと浮いた。

「何ですのッ？　しぐれ泥棒ですわッ」

ばたばたと暴れるしぐれを尻目に、二匹の猫骸骨が目を丸くする。

「小風師匠ですにゃ」

「みゃ」

いつの間にやら、小風がすぐ近くにいる。玉串屋に入る前のひゅうどろどろは、小風がやって来たしるしだったのだろう。

小風はしぐれを摘《つま》み上げ、重々しく命じる。

「しぐれ、帰るぞ」

「しかし、小風お姉さま――」

仔猫のように摘み上げられた格好のまま、しぐれは文句を言いかけるが、馬の耳に念仏、小風は守銭奴の幽霊の言葉を聞く素振りも見せない。

にこりともせず、二匹の猫骸骨にも命じる。

「おぬしらも帰るのだ。分かったな？」

「はいですにゃ」

「みゃ」

直立不動の改まった姿勢で返事をすると、二匹の猫骸骨はスタスタと歩き始めた。

「うむ。これでいい。わたしも帰るとするか」

しぐれを摘んだまま、小風も歩き出した。

格好こそ借りて来た仔猫のようだが、しぐれはおとなしくない。

「小風お姉さま、伸吉お兄さまが結婚なさってしまいますわッ」

と、喚《わめ》き立てる。

「うるさい」

小風は顔を顰《しか》めると、右手一本でしぐれを摘み上げたまま、器用に左手の唐傘で守銭奴の幽霊の頭をぽかりッと叩いた。

情け容赦ない小風だけに、幼女であろうと加減はしない。

「痛いですわ」

「痛くしたのだ」

取りつく島もない。

「黙らぬと、もっと痛くするぞ」

殺し屋のような目つきで、小風はしぐれを睨《にら》みつける。

たいていの幽霊であれば、怯《ひる》むか泣き出すところだが、しぐれの神経は相撲取りの胴回りより図太い。

地獄の閻魔でさえ一目も二目も置く小風を相手に口答えをする。

「寺子屋に帰っている場合ではありませんわッ。お部屋の中を見てくださいませッ」

「ふむ」

二人揃って、部屋の中に目をやると、お美和を相手に仲吉が笑っている。先刻よりも、いっそう打ち解けていた。

「楽しそうではないか」

感情のこもっていない声で、小風は言った。

「仲吉お兄さまが結婚をしてしまっても、小風お姉さまは平気なのですか？　寺子屋から追い出されますわよ」

滅多なことでは泣かぬしぐれの目に涙が浮かんでいる。

幽霊たちを顎で扱き使う守銭奴と言っても、まだ幼いだけに、仲吉と別れ、馴染《なじ》んだ寺子屋から追い出されるのが嫌なのだろう。

小風はしぐれを床に下ろすと、涙を溜《た》めている守銭奴の幽霊の頭にやさしく手を置いた。

「人には人の幸せとやらがあるのだ」

其ノ四　江戸湾に幽霊船現るの巻

1

物見高いは江戸の常。

馬鹿は死んでも治らぬが、物見高いのも死んだくらいでは治らない。

幽霊の瓦版《かわらばん》売りが売り声を上げるたびに、幽霊たちは群がるのだった。

この日、夜の本所深川に、とびきりの大事件を知らせる瓦版売りの声が響いた。

「聞きねえ、聞きねえ。江戸湾に唐《もろこし》の幽霊船が現れたよ」

「幽霊船？　珍しくもない」

と、最初は欠伸《あくび》を嚙み殺していた幽霊たちだが、次の瓦版売りの言葉で目を剝《む》く

ことになる。

「話は終《しま》いまで聞くもんだ。なんと幽霊船には、『三國志』でお馴染みの〝魏〟と〝呉〟の旗が立っているって言うじゃねえかい」

「『三國志』に〝魏〟と〝呉〟だって？」

幽霊たちが騒ぎ出す。

大昔の異国の話だというのに、誰一人として魏と呉を知らない者はなかった。

「曹操と孫権《そんけん》はいるのか？」

「あたしは周瑜《しゅうゆ》と会いたいねえ」

「男なら呂布だろうが」

「呂布は魏でも呉でもないよ」

がやがやと大騒ぎをしている。まるで、贔屓の役者の名を呼ぶような口振りである。

「騙されたと思って行ってみるかい？」

「周瑜になら騙されてもいいや」

暇を持て余している幽霊どもだけに、我先にと江戸湾へ詰めかけて行く。

噂が噂を呼び、あっという間に、江戸湾に幽霊集《だか》りができてしまった。本所深川だけでなく、江戸中の幽霊どもが集まりつつあるように見える。それも当然の話で、売るために嘘八百を並べる瓦版売りにしては珍しく、本当に幽霊船が二隻浮かんでいたのだ。

江戸湾に目をやれば、ゆっくりと魏と呉の船が近づいて来ている。

「本物みてえだな、おい」

「すげえ」

三國志の英雄を迎えようと、幽霊たちが固唾《かたず》を呑んでいると、やがて、魏の幽霊船から一騎の武将が江戸の地に降り立った。

大きな猪《いのしし》のような馬の上に、これまた、猪のような――見るからに獰猛《どうもう》そうな唐の武将が乗っている。手には、戟《げき》と呼ばれる槍《やり》のような異国の武器を持っていた。

いっそう恐ろしげなことに、唐の武将の左目辺りには傷が走り、目玉がなかった。

「おおッ」

唐の武将の迫力に響動めき声を上げるが、誰一人として、目の前の隻眼《せきがん》の武将の正体に気づかない。

「まさか……。独眼竜政宗《どくがんりゅうまさむね》か？」

「いや、あの迫力は柳生十兵衛《やぎゅうじゅうべえ》に違いねえ」

二人とも日本の武人の名である。

三國志を好きと言いながら、たいていの幽霊は芝居やらを、ちょいと齧《かじ》った程度なのだ。

中途半端なざわめきの中、一人の幽霊が進み出た。手には『三國志のすべて』と書かれた帳面を持ち、分厚い眼鏡をかけ、青瓢箪《あおびょうたん》を絵に描いたような顔つきをしている。

眼鏡の幽霊は猪武者に言う。

「ようこそ、いらっしゃいました。夏侯惇元譲《かこうとんげんじょう》様でいらっしゃいますよね？」

〝夏侯惇〟の名を聞き、幽霊どもが盛り上がる。

「おうッ、夏侯惇なら知ってるぜッ」

「当たり前《めえ》よ。夏侯惇を知らねえやつなんぞ、江戸っ子じゃねえや」

「やっぱり、男は夏侯惇だね」

顔を見ても気づかなかったくせに、好き勝手なことを言っている。

関羽、張飛、呂布と化け物のような武将が揃っているせいで、あまり目立たぬが、夏侯惇もとんでもなく強い武将の一人である。

曹操の挙兵当時から副将として活躍し、呂布征伐のときに矢を射られ、左目を失っている。それだけであれば、戦国乱世にはよくあっただろうが、夏侯惇は一味も二味も違う。その左の目玉を食ってしまったらしい。

「目玉を食った？　すげえな」

「おう、目玉のおやじもびっくりだぜ」

幽霊どもが、どこまで本当か分からぬ夏侯惇の蘊蓄《うんちく》話で盛り上がる中、眼鏡の幽霊が夏侯惇に話しかける。

「物見遊山《ゆさん》にいらっしゃったのでしょ？　浅草でも吉原《よしわら》でも案内しますよ」

愛想笑いを浮かべる眼鏡の幽霊の近くに、夏侯惇は馬を寄せる。物見遊山という言葉を聞いたせいか、獰猛な猪武者が穏やかに見えた。

「あたしの名は――」

満面に笑みを浮かべ、眼鏡の幽霊が名乗ろうとしたとき、すぱんッ――――――と、音が鳴った。

夏侯惇が戟を走らせたのだ。

いまだに語り継がれる三國志の武将だけに、その斬れ味は鋭い。

眼鏡の幽霊の首が、鞠《まり》のようにはずんで地べたに転がった。

人の子であれば死ぬところだが、幽霊はとうの昔に死んでいる。

「ひいぃッ」

女のような悲鳴を上げながら斬られたばかりの生首を拾い上げ、眼鏡の幽霊は這々《ほうほう》の体《てい》で逃げて行く。

一瞬の間を置いて、幽霊たちの悲鳴が上がる。

「に、に、逃げろッ。殺されるッ」

すでに死んでいようと、首を斬られるのは嫌なのであろう。幽霊たちが逃げ出し始める。

しかし、すんなりと逃げるには、野次馬が集まりすぎていた。

後方の幽霊たちにしてみれば、江戸湾で何が起こっているのか分からない。悲鳴と歓声を聞き違え、三國志の英雄見たさに、いっそう前に詰めかけようとしたのだ。

「てめえら、馬鹿かッ」

一刻も早く逃げ出したい前方の幽霊たちは怒声を上げるが、後方まで届かない。

「おれたちにも見せやがれッ」

殴り倒してでも前に行こうとしている。

そんな幽霊たちの首を、実った稲を刈るように、夏侯惇はすぱんッすぱんッと斬って行く。

瞬く間に江戸湾は、生首を抱え逃げ惑う幽霊たちで溢れ返った。なぜ、自分たちの首が斬られなければならぬか分からぬが、考えている暇もない。

無抵抗の町人幽霊相手だというのに、夏侯惇は手を緩めようとしない。

「おとっつぁん、おっかさん」

父母とはぐれ、泣きじゃくる子供の幽霊のところに馬を進めた。

「まさか、あの野郎」

そのまさかであった。

夏侯惇は子供までも斬り捨てようと、すでに何人もの幽霊の首を斬っている戟を振り上げた。

子供の頭上に戟を振り上げる夏侯惇を見て、逃げ回っていた幽霊たちが殺到する。

「子供に手を出すんじゃねえッ」

それまで黙っていた夏侯惇が口を開いた。

「逃げればよいものを、愚か者どもが」

またしても、夏侯惇の戟が走り、何人もの幽霊たちの首が宙に舞った。

しかし、今度は誰一人として逃げようとしない。

子は町の宝。

首を失っても、町人の幽霊たちは子供を守ろうとする。が、丸腰の町人がどうにかできる相手ではないのは明白である。

「八つ裂きにしてやろう」

夏侯惇が高々と戟を振り上げたとき、どこからともなく、
ひゅうどろどろ――

――と、生あたたかい風が吹いた。

ひゅうどろ、ひゅうどろの風に乗って、漆黒の数珠《じゅず》の珠が、ひゅうッと飛来した。

そして、狙い定めたように夏侯惇の右目に命中した。

「くっ」

堪《たま》らず振り上げた戟を地べたにぽろりと落とし、夏侯惇が馬上で蹲《うずくま》る。

いつの間にやら、夏侯惇の近くに黒衣の僧侶が立っていた。手には、漆黒の数珠を握っている。

黒衣の僧侶は苦々しげに吐き捨てる。

「派手に暴れおって」

並の人の子であれば、目玉を打たれては立っていることもできぬであろうが、夏侯惇は幽霊――それも、三國志の豪傑の幽霊である。ごしごしと目を擦《こす》ると、黒衣の僧侶に向き直った。

鬼のような形相《ぎょうそう》で、夏侯惇は言う。

「きさま、何者だ？」

「南光坊《なんこうぼう》天海智楽院《ちらくいん》。――江戸の地を守っておる」

黒衣の僧侶――天海は言うと、漆黒の数珠を握り締めた。

「坊主が出しゃばりおって」

夏侯惇は馬の腹を蹴《け》った。

大猪のような馬を走らせ、天海を踏み潰《つぶ》すつもりらしい。

いったん距離を取った後、猪馬が狂ったように天海を目がけ突進して来た。

「蹴散らしてくれるッ」

「危ねえッ」

町人の幽霊たちは悲鳴を上げるが、天海は数珠を握り締めたまま逃げる素振りも見せず、呆れたように呟く。

「しょせん端役だのう。やられ役が身に染みついておる」

数珠を高く掲げると、真言を唱え始めた。

オン・アロマヤ・テング・スマンキ・ソワカ
オン・アロマヤ・テング・スマンキ・ソワカ

「天狗《てんぐ》様の真言じゃねえか」

信心深そうな町人の幽霊が呟いた。

天狗を信じる江戸っ子は多い。古くは『日本書紀』に登場する〝天狗《あまきつね》〟に始まり、その後、神とも魔怪とも知れる独自の存在として信仰を集めている。

天海の唱えた真言は修験道で用いられている『天狗経』にあるもので、幽霊の町人の中にも、これを知る者がちらほらといた。

ちなみに、天狗の像には狐が描かれることが多く、真言に言うところの〝スマンキ〟──すなわち、数万騎の狐を従えているという。

天海が印を結ぶと、漆黒の数珠の珠が四方八方に飛び散った。何が起こるのかと、町人の幽霊たちが息を詰めるが、江戸湾は静かなままだった。

静けさの中、天海は真言を唱え続ける。

突然の真言に馬を止めたものの、夏侯惇はすぐに気を取り直したように罵声を天海に浴びせる。

「神仏に助けを求めただけかッ。この世には神などおらぬのだッ」

猪馬の蹄《ひづめ》が天海を踏みつけようとした寸前、

ひゅうッ――

――と、礫《つぶて》が降ってきた。


礫は猪馬の額に命中し、夏侯惇を乗せたまま地べたに転がった。

無様に転がったおのれの身体を起こしながら、夏侯惇が戸惑いの声を上げる。

「誰が礫など投げおった？」

戸惑うのも当然である。

夏侯惇の馬は、ただの馬ではない。情が移ることを嫌い、名こそつけていないもののの、幾千もの戦場を駆けた軍馬なのだ。礫ごときで倒れるはずがなかった。

しかし、現実に猪馬は倒れ、ぴくりとも動かなくなっている。

「出て来いッ」

顔面を朱に染めて、夏侯惇は猪馬に礫を投げた者をさがす。

我を失っている三國志の英雄に天海は言う。

「どこを見ておる？　礫を放ったものなら、おぬしの頭上におろうが」

「何？」

天海の言葉を聞いて、夏侯惇だけではなく、町人の幽霊たちも空を見上げた。

そこには、漆黒の妖狐《ようこ》に跨《また》がった天狗の姿があった。天狗は数万騎の狐どもを従えている。

「天狗礫」

天海が呟くと、狐どもの口中から礫が飛び出した。

流星のように礫の群れは走り、夏侯惇に襲いかかる。

丸腰の上、馬を失ってしまった夏侯惇は、舌打ちするのが精いっぱいだった。

天狗礫が夏侯惇の脳天を砕こうとしたとき、
びゅんッ――――

――と、赤い疾風が走った。

銀色に輝く戟がくるりくるりと円を描く。

くるりくるりを追いかけるように、ぱしりッぱしりッと小気味いい音を立てて、礫どもが砕け散る。

野太い声が江戸湾に響いた。

「天狗ごときに後れを取りおって」

赤馬に跨った偉丈夫が夏侯惇の前に立っていた。

町人の幽霊たちの間から響動めきが上がる。

「お……、おい、あのお方は……」

「間違いねえ……。あのお方だろ」

町人の幽霊たちは、一様に、偉丈夫を見つめている。中には、少しでもよく見ようと、夏侯惇に斬られた首を前に突き出している幽霊までいた。

冷めやらぬ響動めきの中、天海が赤馬の偉丈夫の名を呟いた。

「おぬしまで来ていたのか、呂布」

2

呂布奉先《ほうせん》。

英雄・豪傑だらけの『三國志』の中でも、群を抜く武勇を誇った武将であり、劉備、関羽、張飛の三人を同時に相手にし、互角以上に戦うほどの実力を持っている。

鬼神のような強さから、『三國志』最強の武将とも言われている。

ちなみに、『三國志』の中では、物語の前半で死んでおり、三国のいずれにも属していない。

赤兎馬《せきとば》に跨り、片刃の方天画戟《ほうてんがげき》を右手に持ちながら、呂布は天狗と数万騎の狐に目をやった。

「化け物に畜生か。相手をするのも馬鹿らしいが、特別に殺してやろう」

地響きのような声が、呂布の口から零れ落ちた。

口早に、天海は天空の天狗どもに命じる。

「天狗礫、火狐《かこ》」

とたんに、天空に浮かぶ狐どもが、ぶわりッと燃え上がった。

紅蓮《ぐれん》の炎を身に纏った数万もの火狐どもは、天狗の投げる礫に乗り、呂布に殺到する。

「呂布ッ」

夏侯惇が助けに入ろうとするが、呂布は首を振る。

「助太刀無用」

「しかし――」

夏侯惇が言いかけたとき、呂布の手から方天画戟が放たれた。

くるりくるりと円を描きながら、方天画戟は火狐どもを打ち破って行く。

それでも、方天画戟を逃れた何匹かの火狐が呂布を狙おうとするが、ぎろりと射《い》竦《すく》められ、近づくことさえできぬ。

火狐どもが全滅するのも時間の問題のように思えた。

天空に睨みを利かせながら、呂布が夏侯惇に言う。

「天海とやらを始末しろ」

「おう」

腰の太刀を抜き、夏侯惇が天海に打ちかかる。

夏侯惇の太刀が天海の首を刎《は》ねる寸前、二人の間に割って入るように、ぱらり――

――と、唐傘が開いた。

唐傘を操る幽霊と言えば、江戸中に名を響かせるあの娘しかいない。

「お、今度は〝唐傘小風〟の登場だぜッ」

例によって、町人の幽霊たちが盛り上がる。しかし、

「乱暴はいけませんわ」

現れたのは、しぐれである。例によって、猫骸骨とチビ猫骸骨を伴っている。

「『三國志』に、にゃあたちは場違いですにゃ。帰りましょうにゃ」

「みゃあ」

二匹の猫骸骨は分《ぶ》を弁《わきま》えているが、しぐれは聞き入れない。

「ここで名前を売れば、一生、食べるに困りませんわ」

「……もう一生は終わってますにゃ」

「……みゃあ」

緊張感の欠片《かけら》もないしぐれたちを見て、夏侯惇は舌打ちする。

「何だ、こやつらは」

「〃唐傘しぐれ〃を知らないなんて、時代遅れですわ」

「普通、知りませんにゃ」

「みゃあ」

一瞬、場違いな連中を持て余したような顔を見せたが、何やら思いついたのか独り言のように呟いた。

「雑魚《ざこ》には雑魚だな」

夏侯惇の言葉に、しぐれが怒り出す。

「誰が雑魚ですのッ」

「にゃあたちですにゃ。どこをどう見ても雑魚ですにゃ」

「みゃあ」

そんなしぐれたちの言葉に耳を貸さず、夏侯惇はぴゅうと口笛を吹いた。

不意に、生ぬるい風が、ひゅうどろどろと吹き始め、白い霧が立ち込める。

霧の中に人影が見えた。

それも、一人や二人ではない。

「〝唐傘しぐれ〟に恐れをなして、援軍を呼んだのねッ」

しぐれは威張っているが、夏侯惇が幼女の幽霊を怖がりはしないだろう。

夏侯惇は霧の中の人影に声をかける。

「こやつらを可愛がってやれ」

呂布に続いて、どんな豪傑が現れるのかと固唾を呑んで野次馬たちが見守る中、人影の声が聞こえて来た。

「まあ、可愛らしいわ」

「ちょっと、猫ちゃんが二匹もいるわよ」

「大きな方は可愛くないわねえ」

台詞だけ聞くと女のようだが、その声は男のように野太い。

「嫌な予感がしますにゃ」

「みゃあ」

二匹の猫骸骨が呟いた。

その言葉が合図であったかのように、ゆっくりと霧が晴れた。

二匹の猫骸骨が目を丸くする。

「何ですかにゃ?」

「みゃ?」

姿を現したのは、化粧をした十人の男であった。

〃十常侍《じゅうじょうじ》〃である。

十常侍とは、『三國志』の世界で腐敗の元凶のように言われている宦官《かんがん》どもで、帝《みかど》の寵愛《ちょうあい》を受け、絶大な権勢を振るった連中とされている。

本来、十二人いるらしいが、目の前に現れたのは十人の化粧をした男たちだった。

江戸の人々の目には、異国の厳《いか》つい男が化粧をしているようにしか見えない。

宦官だけあって、十常侍は呂布や夏侯惇のように武器を持っていない。本来ならば、恐れる相手ではないだろう。

しかし、気づいたときには三人揃って逃げ出していた。

「相手が悪いですわッ」

「待ってくださいにゃ。置いて行かないでくださいにゃ」

「みゃッ」

とたとたと逃げ回っているが、残念なことに、十常侍たちとは歩幅が違う。

あっという間に捕まってしまった。

殊に、チビ猫骸骨は大人気で、十常侍の間で奪い合いが始まっている。

「あたしが見つけたのよ」

「やめなさいってば。他に大きい猫もいるでしょ？」

「嫌よ、あんな不細工な子」

しゃべりながら、十常侍たちはチビ猫骸骨に接吻をしている。

骸骨だけに真っ白だったチビ猫骸骨の顔が、毒々しい口紅で汚れていく。

気づいたときには、しぐれと猫骸骨を放り出し、チビ猫骸骨に十人の宦官が群がっていた。

「み、み、みゃッ」

目を白黒させながら、チビ猫骸骨が悲鳴を上げている。

「やめますにゃッ。チビ猫骸骨を放しますにゃッ」

猫骸骨が助けに入ろうとするが、十常侍たちの尻の壁に跳ね返されてしまう。

一方、しぐれは自分に十常侍たちの視線がないのをいいことに、抜き足差し足のコソコソ歩きで江戸湾から逃げ出そうとしていた。

「チビ猫骸骨、あなたのことは忘れませんわ。十常侍様たちとお幸せに――」

別れの文句を呟いたとき、しぐれの目と鼻の先に赤い馬の顔が現れた。

赤い馬の鼻息が、しぐれの前髪を吹き上げる。

恐る恐る顔を上げると、そこには、赤兎馬に跨った呂布の姿があった。

「ええと……」

しぐれは言葉に詰まっている。

織田信長の幽霊こと上総介や地獄の閻魔大王でさえ、顎で使うしぐれだが、さすがに呂布を目の前にして言葉を失っている。言ってみれば、迫力が違うというやつであろう。

劉備や関羽と違って天下御免の悪役だけに、呂布は幼女の幽霊相手でも容赦しない。

方天画戟を振り上げ、しぐれを怒鳴りつける。

「邪魔だ、小娘。死ねぃッ」

しぐれの首が刈られようとしたとき、突然、守銭奴の幽霊の身体が、ふわり――

――と、宙に浮いた。

そのまま、しぐれの身体は天高く舞い上がり、呂布の手が届かぬところまで行ってしまう。見上げると、しぐれのすぐ頭上には、厚い雲が浮いている。

「成仏ですにゃッ。昇天ですにゃッ」

猫骸骨は言うが、もちろん違う。

よく見れば、しぐれの身体には赤い紐が絡みつき、操り人形のように吊り上げられていた。

「三途の紐か……」

独り言のように天海が呟いたとき、

「カァーッ」

と、カラスの鳴き声が聞こえた。

その鳴き声を追いかけるように、厚い雲の中から唐傘に乗った巫女衣装の娘が降りて来た。肩には握り拳《こぶし》ほどの小さなカラスを乗せている。

「小風お姉さまッ」

しぐれは巫女衣装の娘――〝唐傘小風〟の名を呼ぶ。

「重いぞ、しぐれ」

小風は顔を顰めながらも、しぐれを唐傘の後ろに乗せた。

「また小娘か」

夏侯惇は吐き捨てるように言うと、弓を構えた。弓の名手としても名高い夏侯惇だけに、空飛ぶ唐傘に乗った小娘を射落とすなど朝飯前であろう。

キリキリと弓を引く夏侯惇を見ても、小風は眉一つ動かさぬ。

夏侯惇は言う。

「たった一人でやって来るとはよい度胸だ。その度胸に免じて、楽にしてやろう」

「一人で来たわけではない」

小風はぼそりと言ったが、夏侯惇は弓を引くのに夢中で、娘の幽霊の言葉など聞いていない。

「成仏するがいい」

ひゅうッと音を立てて矢が放たれ、一直線に小風の胸に飛んで来た。

矢が小風の胸を貫く寸前、もこりもこりと雲の破片が小風の前に湧き上がり、やがて、雲の破片は盾と姿を変え、矢から小風を守った。

そして、雲の中から、見おぼえのある虚無僧《こむそう》が姿を現した。本所深川でよく見かける虚無僧である。

「他人《ひと》の国で合戦を始めるな、馬鹿者」

虚無僧は言った。

「きさま、何者だ？」

隻眼を光らせて誰何《すいか》する夏侯惇に答えたのは、天海であった。

天海は言う。

「来てくれたのか、風庵《ふうあん》」

其ノ五　風使いの風庵、小風と出会うの巻

1

生まれつき身体の大きな者がいるように、生まれつき強い霊力を持つ者もいる。風庵にも強い霊力が備わっていた。祖先を遡《さかのぼ》れば、風魔の忍びだか陰陽師《おんみようじ》だかに辿り着くらしいが、どこまで本当のことなのかは分からない。

とにかく、徳川家康の時代から、風庵の一族は〝風使い〟と呼ばれ、魔物から江戸を守っていた。

町人たちの間にも〝風使い〟の名は知れ渡っており、幽霊やら化け物退治の依頼がやって来ることも、しばしばであった。

「おまえも江戸を守るのだぞ」

風庵の父は口癖のように言っていた。

父が死ぬと、当然のように風庵は〝風使い〟となった。その二ッ名の通り、風を操り、雲を操り、幽霊を退治するのである。

父が生きているころに妻と娘を持ったことはあるが、風庵が幽霊退治をしている間に火事に巻き込まれ死んでしまった。

「妻子を守れぬ男が、江戸の町を守っておるわけだ」

風庵は気落ちしたが、それでも幽霊が現れれば、行かねばならない。

ただ、それ以来、二度と妻を持とうとはせず、四十になっても独り身でいた。

親戚を見渡せば、霊力を持つ者は何人かおり、風庵に子がなくとも、〝風使い〟を継ぐ者はいるだろう。風庵は、独りぼっちで生き、独りぼっちで死んでいくつもりでいた。

寒い冬のある日、風庵のもとに幽霊退治の依頼が舞い込んで来た。町人たちの話を聞けば、化け物が夜の町を徘徊《はいかい》しているという。

「化け物なんぞ、気味が悪《わり》いや」

町人たちは口を揃えて言った。

さらに、その化け物は町人を襲い、何人かに怪我をさせているらしい。

「放っておけぬな」

日が沈むのを待って、風庵は化け物が現れると噂の通りへと向かった。

化け物が出没するためか、通りはひっそりと静まり返っている。

厳しい寒さのため、草木は枯れ果てており、風が吹くたびに、かさりかさりと乾いた音を立てていた。

「出ぬようだな」

風庵は呟いた。

幽霊や化け物が現れるとき、ひゅうどろどろと生あたたかい風が吹くのが決まり事である。

しかし、風庵の頬を撫でる風は、冷たく乾き切っている。

「無駄足だったようだな」

と、踵を返しかけたとき、風庵の目に、怪しげな人影が映った。

「む」

風庵は顔を顰める。

人影の正体は幽霊や化け物ではなく、浪人らしき薄汚れた男だった。浪人が何をしようとしているのか、風庵にはすぐに分かった。

「仕方のない輩《やから》だ」

風庵はため息をついた。

妖かしや幽霊から町を守るのが〝風使い〟の使命だが、多くの場合、町を害するのは人の子だった。殊に、平和な世が続くうちに武士は無用の存在となり、町には食い詰めの浪人たちが溢れた。

浪人と言っても武士は武士なので、商人や職人になれるわけもなく、ただ飢えるだけである。

槍一本で立身出世のできる戦国乱世と違い、浪人どもに明日はない。

追い詰められた浪人どもは、悪事に手を染めるのだった。

目の前の浪人も、火打ち石をカチカチと打っている。枯れ草に火をつけ火事を起こすつもりなのだろう。

「気持ちは分からぬでもない」

風庵のため息は深い。食い詰めて行き場を失った浪人を哀れと思う気持ちもあった。

しかし、付け火を見逃すわけにも行くまい。

ろくに雨の降らぬ乾いた冬のことで、枯れ草はよく燃えるはずである。江戸中が火の海となることもあり得る。

ただでさえ、このところ、江戸の町では大火が増えていた。数え切れぬほどの町人たちが焼け死んでいる。

「これ以上、幽霊を増やすわけにはいかぬしな」

独り言を呟くと、風庵は薄汚れた浪人のところに歩み寄った。

刀を差してはいるものの、浪人は風庵が近づいて来たことに気づかず、かちりかちりと火打ち石を鳴らしている。

野良犬のように痩せこけた浪人を目の当たりにして、風庵はやり切れない気持ちになる。

徳川の作った江戸の町を守っているが、幕府の連中は町人どころか身内のはずの武士も守らない。

風庵は穏やかな口振りで、火打ち石を鳴らし続ける浪人に声をかける。

「火付けなどやめておけ」

静かな夜のためか、風庵の声は思いのほか響いた。

火付けに手を染めようとしていた浪人の耳には、おのれを咎《とが》める怒声に聞こえたことだろう。

「ひぃッ」

悲鳴にも似た声を上げると、地べたにぺたりと尻餅をついてしまった。

「何じゃ、情けない」

風庵は苦笑する。

平和な世になってお払い箱になった連中には同情するが、目の前の浪人を見ても分かるように、合戦が始まったとしても役に立ちそうもない武士ばかりなのだ。ろくに刀も抜けぬ侍を何人も見ている。

風庵は浪人に言う。

「火付けなどやめて、家に帰ったらどうだ」

助け起こしてやろうと、手を差し伸べたとき、思いがけぬほど素早く浪人の右腕が動いた。

次の刹那《せつな》、風庵の胸に鋭い痛みが走った。

「痛《つう》ッ」

見れば、胸板の辺りに刀傷が走っている。あと一寸も深ければ、命取りになったであろうほどの傷である。

何が起こったのか分からぬ風庵の耳に、人のものではない声が聞こえて来た。

「ちッ、仕損じたかッ」

「何だと？」

いつの間にやら、薄汚れた浪人の姿は、両手が鎌になっている半妖の化け物となっていた。

「カマイタチか」

風庵は舌打ちする。

カマイタチといえば、両手が鎌と化している鼬《いたち》の妖かしだが、世の中には半妖半人のカマイタチがいる。

狐や狸が化けるように、普段は人の子――それも侍の姿をしており、中には、何食わぬ顔で武家奉公しているものもいた。

妖かしにしては珍しく、地位や名誉と言った類のものを好むという。

剣術馬鹿の武士同様、カマイタチも鎌を操り戦うしか能がない。

平和な世を恨み、町を焼き払おうとしているのだろう。時計の針は戻らぬが、町が荒れれば武人の活躍の場ができるかもしれない。

「邪魔をするな、人の子」

両手の鎌を光らせ、カマイタチは風庵を睨みつける。そこらの町人であれば腰を抜かしているところであろう。

しかし、風庵は幽霊退治で名を売る〝風使い〟の一族で、妖かしなど見慣れていた。

「物騒な鎌は仕舞っておけ」

風庵は言ってやった。

胸を斬られても、逃げる素振りも見せぬ風庵を見て、カマイタチの顔色が変わる。

「きさまは何者だ？」

「誰でもよかろう。もうやめておけ」

「おれ様に指図するなッ」

再び、カマイタチの鎌が走った。

目にも止まらぬ早技だが、先刻と違い、斬りかかって来るのは予想していた。

「おぬしの技はすでに見切ったわ」

そう言いながら、軽業師《かるわざし》のようにカマイタチの鎌をひらりと躱《かわ》すと、そのまま、くるりくるりと後転し距離を取った。

風庵は呟く。

「雲《くも》」

びゅうッという風とともに、天空から雲が舞い降りて来た。カマイタチの目には、下らぬ手妻の類に見えたことだろう。

「ふん。下らぬ」

カマイタチは風庵の首を刈ろうと、鎌を打ち下ろす。

「見切ったと言ったはずだ」

風庵は言ったが、その場から逃げなかった。

「その首、刈ってやるわッ」

カマイタチはいっそう力を込める。一方、風庵は迫り来る鎌を目の当たりにしても逃げようとしない。

「死ぬがいいッ。人の子ッ」

ざくりッと鈍い音が響いた。

「くっ」

呻《うめ》き声を上げたのはカマイタチだった。

見れば、首に鎌が突き立てられる瞬間、天空から舞い降りて来た雲が風庵とカマイタチの鎌の間に割り込んで来た。そして、鎌が雲にめり込んでいる。分厚く柔らかい盾のように、雲は風庵を守っているのだ。

風庵の周囲には、雲だけでなく風が渦を巻いている。

「きさま、〝風使い〟か……」

今さら、カマイタチが風庵の正体に気づく。

風庵は風を操り、万物をおのれの武器とすることができる。たかがカマイタチ一匹に後れを取りはしない。

「分かったら、その物騒な鎌を仕舞え」

目の前に立ち尽くすカマイタチに言葉をかけた瞬間、

ざくりッ――

――と、嫌な音が聞こえた。


激痛が風庵の背中を貫く。

――刺された……。

そう思う暇もなく、つつつと口もとから血が流れ、目の前がいっそう暗くなった。

気づいたときには、風庵は地べたに両膝をついていた。

聞きおぼえのない魔物の声が風庵の耳を打つ。

「江戸にカマイタチは一匹じゃねえぜ」

いつの間にやら、風庵の背後にもう一匹のカマイタチが立っていた。目の前のカマイタチが喚《わめ》き声を上げていたのは、風庵の気を引くためであったらしい。

「くっ」

歯を食い縛り、立ち上がろうとしたが、身体が言うことを聞いてくれぬ。

考えてみれば当然のことで、幽霊退治の〝風使い〟であろうと、風庵は人の子にすぎぬのだ。急所とも言える背中を刺されては、立ち上がることなどできない。歪《ゆが》んだ視線の中、二匹のカマイタチが近づいて来る。もはや逃げる力さえ残っていない。

「不覚だ……」

掠れる声で風庵は言った。

「斬り刻んでやろう」

カマイタチの鎌が風庵の頬を撫でるように斬る。風庵を嬲《なぶ》り殺しにするつもりらしい。

なすすべもなく、地べたに両膝をつく風庵の身体に鎌が走る。

そのたびに風庵の身体に傷が増えていった。

「人の子の身体は柔らかいものだな」

嘲《あざけ》る口振りで、カマイタチは言った。

カマイタチの言うように、人の子の身体は柔らかく、か弱くできている。妖かしどころか、野山を駆ける獣にすら人の子は勝てぬだろう。

しかし、人の子は知恵を持ち、武器を作り、火を操った。

妖かしの天下であるはずの夜も、行灯や提灯の灯《あか》りのため、今では昼間のようになってしまった。

江戸の町に妖かしどもの居場所はなかった。生意気な人の子――それも〝風使い〟を嬲ることは気分がいいに違いあるまい。

「おれを殺したところで何も変わらぬぞ……」

風庵は言ってやった。

それまで薄笑いを浮かべていた二匹のカマイタチの顔つきが、剣呑《けんのん》に変わった。殺気が宙を伝わり、風庵の身を焦がす。

「変わらぬかどうか試してやろう」

カマイタチの鎌が風庵の首に走ってくる。こんなところで死ぬのかと思ったが、生きているのが不思議なほどの傷だらけの身体では、どうすることもできない。

「死ぬがいいッ、人の子ッ」

その刹那、カマイタチの怒声を遮るように赤い唐傘が、

ぱらり――

――と、開いた。

突然現れた唐傘に驚き、二匹のカマイタチが何歩か飛び退《の》いた。

娘の声が聞こえた。

「乱暴なことをやっておるな」

見れば、どこからやって来たのか、風庵の目の前に、赤い唐傘を手にした巫女衣装の娘が立っていた。ただの娘にしか見えぬが、やたらに落ち着いている。

舌打ちしながら、カマイタチは娘に聞く。

「きさまは誰だ?」

「〝唐傘小風〟と呼ばれておる」

娘――小風は言うと、風庵の背中の傷を見た。

そして、相変わらずの感情のない声で呟く。

「放っておいたら死ぬな」

小風が風庵に歩み寄ろうとしたとき、二匹のカマイタチが牙を剝いた。

二匹同時に小風に襲いかかる。

小風は風庵に気を取られ、カマイタチどもを見ていないようである。

「危な……い……」

風庵は声をかけたが、小風は振り返ろうとさえせず、独り言のように呟く。

「危ないのは、わたしではない」

「何を言っておる……?」

詳しく聞き返す暇さえなかった。

次の刹那、二匹のカマイタチの身体が真っ二つに、

すぱんッ――
――と、斬れた。

よく見れば、いつの間にか、小風と二匹のカマイタチの間に紐が張られている。

どこにでもありそうな紐だが、ぴんと張られているためか、鋭利な刃物のように紐は光っている。

その細い紐に気づかず、カマイタチは突進したのだ。

「だから危ないと言ったろう」

骸《むくろ》と化したカマイタチに声をかけると、小風は再び歩み寄って来た。

「まだ生きておるか？」

娘の声を聞きながら、風庵は気を失った。

2

ひゅうどろどろと生ぬるい風が風庵の頬を撫でる。

寺子屋の庭に立ち、星空を眺めていると、どこからともなく小風がやって来た。

風庵の顔を見たとたんに、小風は小言を言う。

「動くなと言ったはずだ。死ぬぞ」

風庵は苦笑する。

「そんなに簡単に死にはせぬ」

カマイタチに襲われ、傷を負ってから三日が経《た》とうとしていた。小風に助けられ、手当てを受けて、ようやく歩けるようになった。

しかし、小風の言うように傷は深く、今も、ずきりずきりと痛み続けている。

「星くらい見せてくれぬか?」

風庵は言うが、小風は聞いてくれない。

「どれ、晒《さら》しを替えてやろう。家に入れ」

有無を言わせず、小風は風庵を寺子屋の中へと引っ張って行く。

「年寄り扱いしおって」

「年寄りではないか」

「まったく口の減らぬ娘だ」

文句を言いながらも、風庵は小風に逆らわない。

——不思議なものだ。

風庵は首を傾げる。

幽霊退治を生業《なりわい》とする〝風使い〟が娘に命を助けられ、しかも、いまだに看病を受けているのだ。

「カマイタチなんぞに後れを取る者を〝年寄り〟と呼ぶのだ」

小風は風庵を寺子屋に入れると、手早く晒しを替えてくれた。

そこらの医者より手際がいい。

「上手《うま》いものだな」

風庵が言うと、小風はにこりともせずに呟いた。

「嫌というほど、やらされたからな」

「医者の娘なのか？」

「違う。捨て子だ」

小風は言った。

江戸の町にはよくある話だが、小風は親の顔を知らぬ捨て子であった。

詳しいことは分からないようだが、小風が赤子のころ、頻繁に大火事が起こっていたらしい。

火事に巻き込まれると、庶民は何もかもを失い、子を育てることさえできなくなる。

「食い詰めて、わたしを捨てたのだろうな」

他人事のように小風は言っていた。捨てられたとき、小風は三つか四つであったという。

大きな火事が起こるたびに、小風のような子供は町に溢れ、たいていは野良犬の餌となる。助けようにも、町人たちも生きることだけで手いっぱいで、捨て子を拾う余裕のある者は滅多にいない。

幸いなことに、小風は野良犬の餌にならずに済んだ。

「町医者が拾ってくれたのだ」

「よかったではないか」

風庵の言葉に、小風は顔を顰めて見せた。

「よいものか」

金儲《かねもう》けばかりに熱心な医者も多いが、小風を拾い上げたのは、まさに金の亡者だった。五十になろうという老医者だったが、余計な銭を使わぬために独り身を通していた。

医者のくせに、大きな土蔵を持ち、火事にあっても焼けぬように金を隠し持っていた。そして、床下に土中深く作られた土蔵は、夏でもひんやりとしていたという。

風庵は呆れる。

「そんな男がよく幼子を拾ったな」

「年齢《とし》には勝てぬということだろう」

小風は言った。

老医者としては、老後の世話をさせるつもりで小風のことを拾ったのだろう。これもよくある話である。

幼子を拾ったその日から、老医者は小風を扱き使った。

「朝から晩まで働かされた」

感情のない声で、小風は言った。

「幼い子に何をさせたのだ？」

「宣伝だ」

年端も行かぬかわいらしい女児ほど、客寄せにうってつけの道具はあるまい。

巫女衣装を着せられた上、やたらと目立つ赤い唐傘を持たされ、小風は町を歩かされた。小さな背中には、老医者の名が書かれていた。

紐を自由に操ることができるのも、老医者の命令で曲芸紛いのことをやらされたためだった。

「曲芸……」

と、言葉を失う風庵を慰めるように、小風は言う。

「捨て子が食えたのだ。少々のことは仕方なかろう」

世の中、不幸な者には、さらなる不幸が訪れるようにできている。

家康が幕府を開いて以来、火事の多い江戸の町だが、そのころの火事の起きようは度を超していた。

不思議なことに、火のないところに煙が立ち、用心に用心を重ねていても火事が起こるのだ。

ある夜、町医者の屋敷も火事に巻き込まれ、老医者はあっという間に焼け死んでしまった。

小風自身も火の海に逃げ場を奪われ、いったんは生きることを諦めた。

そんな小風を救ってくれたのが、老医者の作った土蔵であった。煙に巻かれながら小風は土蔵に逃げ込み、息絶えるように気を失った。

そして、気を取り戻したときには、火事は収まっていたという。

「そのときから不思議な力を使えるようになった」

淡々とした口振りで小風は言った。

いくら曲芸に慣れていようと、カマイタチを斬り捨てるほどの技を、ただの娘が使えるわけがない。

しかし、風庵にしてみれば、小風の技は不思議でも何でもない。本人は気づいていないようだが、小風はすでに人の子ではなかった。

――仮死《かりじ》にか。

人というのは不思議なもので、身体と魂が離れてしまうことがあった。小風は煙に巻かれ、仮に死んだ状態のまま幽霊となったのだろう。幽霊は幽霊でも、中途半端な幽霊である。そのことを教えてやるべきかと考えていると、風庵より先に小風が口を開いた。

「うむ。晒しはこれでよかろう」

いつの間にか、晒しの交換が終わっている。

「くれぐれも無理をするでないぞ」

小風は立ち上がり、寺子屋から出て行こうとする。

「どこに行くつもりだ？」

風庵は娘の幽霊を呼び止める。

「帰る。長いこと世話になった」

「帰るだと？　どこに帰るというのだ？」

「家だ」

当たり前のように答えるが、嘘を吐《つ》いていることは明白だった。焼け出され、育ての親を失った今、小風に行き場などあるまい。

ましてや小風は幽霊なのだ。〝風使い〟である風庵だからこそ小風の姿を見ることができるが、ほとんどの町人たちの目には映らぬはずである。

凍えそうに寒い冬の夜道を、とぼとぼと歩いて行く娘の幽霊の姿が風庵の脳裏に浮かんだ。

脳裏に浮かんだのはそれだけではない。忘れようとして忘れられなかった死んだ娘の顔が小風と重なるのだ。

死んでしまった娘が生きていれば、ちょうど小風くらいの年頃であろう。

「寺子屋でともに暮らさぬか?」

気づいたときには口走っていた。

「む?」

小風は不思議そうな顔をする。

言い訳するように風庵は言葉を続けた。

「この傷では飯も作れん」

「ふむ」

小風はうなずく。

「飯を作れぬのは困るだろう。……まあ、これも何かの縁だ。世話をしてやろう」

こうして、風庵と小風は父娘《おやこ》のように暮らし始めた。

3

少しずつ風庵の暮らしは変わっていった。

幽霊を退治する〝風使い〟が、娘の幽霊と暮らしているのだから変わらぬ方がおかしい。

「茶を淹《い》れたぞ、父上」

ぶっきらぼうなのは相変わらずだが、いつのころからか、小風は風庵のことを〝父上〟と呼ぶようになっていた。

もちろん、幽霊である小風は夜しか動き回ることができない。

「昼になると眠くなる」

お天道様が顔を出すと眠りに落ちてしまう。

草木も眠る丑三《うしみ》つ時になると、ひゅうどろどろと気味の悪い風が寺子屋に吹き荒れる。

小風と出会う前の風庵であれば、幽霊退治の準備を始めていたところであろう。

しかし、今の風庵からはため息しか出ない。

「なぜ、わしがこんな目に遭うのだ……」

文句を言いながらも、風庵は寺子屋の教場へ向かう。

真夜中だと言うのに教場の中は賑《にぎ》やかで、戸のあちら側からは、明らかに人ではない連中の声が聞こえてくる。

喧噪《けんそう》の中、念仏までが聞こえてきた。

「南無阿弥陀仏、南無阿弥陀仏……」

大きくため息をつくと、風庵は教場の戸を開けた。

「静かにせぬか」

風庵の言葉に、賑やかな声がぴたりと止まった。

だが、それも一瞬のことで、今まで以上の騒ぎが始まる。

「師匠でござるわん。風庵師匠ですわん」

虎和尚と狼和尚が念仏を唱える隣で、犬骸骨が尻尾《しっぽ》を振っている。

「近所に迷惑だ。静かにせぬか」

風庵が諌《いさ》めても、柳に風、暖簾に腕押し、糠《ぬか》に釘《くぎ》、犬骸骨たちはまるで聞いていない。

いっそう大きな声で風庵に聞く。

「今日は何を教えてくれるのでござるかわん?」

幽霊退治の〝風使い〟の末裔《まつえい》のはずが、いつの間にやら、化け物相手の夜の寺子屋の師匠となっている風庵であった。

——小風にも困ったものだ。

風庵はため息をつく。

どんな手を使ったのか分からないが、小風は江戸中から化け物を集め、寺子屋を始めたのだった。

「昼間、起きていられぬのだから、幽霊を相手にするしかなかろう」

もっともらしく小風は言うが、相手をする仕事は風庵に押しつけている。

口の達者な娘の幽霊は言葉を続けた。

「文字も書けぬわたしが、寺子屋の師匠などできるはずがなかろう」

幼いころに捨てられ、小風を金儲けの道具としか思っていない町医者に育てられたのだ。文字を習う暇などあろうはずがない。

「わたしも文字を習う」

その言葉に偽りはなく、化け物たちに混じって小風も教場に座っている。

面倒な仕事を押しつけられ、納得できぬ風庵に小風は言う。

「押しつけられるのは、信用している証《あかし》だ。わたしは信用している者にしか仕事は押しつけん」

当然と言えばそれまでだが、八百万《やおよろず》の商売《あきない》がある江戸の町でも、化け物や幽霊相手の寺子屋などあろうはずがない。

ましてや、化け物や幽霊たちは百年二百年と暇を持て余している。夜の寺子屋は流行りに流行った。

「一銭にもならんがな」

風庵は苦笑する。

ときおり犬骸骨が骨を持って来てくれるが、銭を持っている化け物など一匹もいなかった。

「その分、働いてもらえばよかろう」

自分だって銭を払っていないくせに、小風は威張っている。

「働くと言ってもなあ……」

風庵は夜の寺子屋の手習い子たちの顔を思い浮かべる。

不器用な食い詰め浪人に飼われていた犬骸骨や、経を唱えることしか知らぬ虎和尚と狼和尚を始めとして働けそうなものなど一匹もいない。

「うむ。犬鍋にするにしても犬骸骨では食うところがないな」

剣呑なことを言い出した小風を風庵はたしなめる。

「まあ、銭のことはよかろう」

実のところ、寺子屋の化け物たちに情が移り始めていた。

これまで退治する相手としか見ていなかったが、話してみれば、化け物たちは健《けな》気《げ》であった。

例えば、犬骸骨などは食い詰め浪人に食われ、妖怪の身の上になったのである。

食われたのだから、飼い主のことを恨んでもいいくらいであるのに、犬骸骨はいまだに食い詰め浪人のことを慕っている。

「『すまぬ、すまぬ』と泣きながら、拙者のことを食ったでござるわん」

こんな連中を嫌いになれるわけがない。

「今日は算盤《そろばん》でも教えてやるか」

風庵は教場へと向かった。

流行っている寺子屋だけあって、日に日に化け物の手習い子たちの数は増えていく。

4

化け物を寺子屋に入れるかどうかは小風に任せきりにしてあるので、教場に入るまでどんな化け物が座っているのか知らぬことの方が多かった。

この日も、教場の戸を開けると、見知らぬ幽霊の姿があった。黒衣を纏った僧侶である。

動物の幽霊である虎和尚や狼和尚は別として、僧侶の幽霊は珍しい。破戒坊主ならともかく、この世に未練を残すなど僧侶として失格であろう。

ましてや目の前に座っている幽霊は、修行を積んだ卑しからぬ僧侶に見える。どこをどう見たって、成仏できずこの世に迷った幽霊といった風情ではない。

ただ、幽霊たちにも事情があり、成仏できぬ理由も様々だった。

――色々な幽霊がいるようだな。

と、思いはしたものの、黒衣の僧侶を特別に扱うこともせず、いつものように手習いの授業を始めた。

手習いと言っても、化け物や幽霊相手なので気楽なものである。

これが人の子相手であれば、奉公に出る九つか十くらいまでに一通りの読み書き算盤を仕込まなければならないが、化け物や幽霊は金を稼ぐ必要がない。

それなりに、熱心に学んでいるものの、やはり遊ぶ時間は長かった。

「みんなで雪見をしたいでござるわん」

そんな希望があれば、座学は中止となり、皆で大川堤あたりに雪を見に行くのだった。

化け物や幽霊たちが大はしゃぎで雪の中を駆け回っている平和な様子を見ながら、風庵はため息をついた。

「〝風使い〟などいらぬな」

夜の寺子屋を始めてからというもの、江戸の町はすっかり平和になっていた。

考えてみれば、江戸中の妖かしが寺子屋に興味を引かれ、あわよくば手習い子になろうとしているのだ。世間を騒がせている暇などないのかもしれない。

「退治するばかりが能ではないか」

今さらながらに風庵は呟く。

化け物や幽霊の多くは、ただ暇を持て余し、誰かに構って欲しいだけである。退治しなくとも、話を聞いてやればよかったのだろう。

目の前では、犬骸骨が小風に投げ飛ばされながらも、楽しそうに笑っている。今となっては化け物であろうと、幽霊であろうと、可愛い教え子だった。

出会った順序が違っていれば、犬骸骨のことも退治していたかもしれぬ。実際、何匹もの化け物や幽霊を問答無用で退治している。

「すまぬことをしたのう……」

思わず呟いたとき、風庵の隣に黒衣の僧侶がやって来た。

名を〝天海〟と名乗っているが、江戸幕府の立役者である天海と同じ人物なのかは分からない。風庵にとっては、どちらでもいいことだった。

天海は風庵の隣に座ると、徳利と二つの湯飲み茶碗を見せながら話しかけてきた。

「師匠、呑まぬか？」

「雪見酒とは風流だな。もらおうか」

雪の中ではしゃぐ妖かしたちを肴《さかな》に、風庵と天海は酒を呑んだ。上等の酒らしく、胃の腑《ふ》が温かくなった。

酒盛りを始めた風庵と天海を見て、小風がからかうように言う。

「手習い子の前で、寺子屋の師匠が酒を呑んではいかんな」

「師匠が怠けてござるわん」

尻馬に乗った犬骸骨の頬に、ぼこりと雪玉が命中した。

よほど勢いよくぶつかったのか、犬骸骨の身体がごろりごろりと雪の上に転がった。

「ふ。合戦の最中に油断するとは愚かな」

雪玉を手に小風が勝ち誇っている。

犬骸骨はすぐに起き上がると、小風を追いかけ始めた。

「負けないでござるわん」

あっという間に、小風と犬骸骨は遠くへと駆けて行った。

「……平和なもんだ」

風庵は呟いた。自分でも頬が緩んでいることが分かった。

賑やかな妖かしたちを前に苦笑いの一つも浮かべているかと、天海の顔を覗いてみれば、怒っているような厳しい表情をしている。

「どうかしたのか？」

聞かずにはいられなかった。

「師匠の言う通り、平和だと思ったのじゃ」

穏やかなことを考えているようには見えない。

幽霊退治を生業とする〝風使い〟の端くれとして、風庵も相手の器量くらいは推し量れる。

この僧侶の霊力がとてつもなく強いことは、とうの昔に承知していた。おそらく、風庵よりも強いであろう。

しかし、何やら考え込んでいる天海を放ってはおけない。自分より優れていようと、教え子なのだ。

「困り事か？」

風庵は聞いた。

すると、天海は、ほんの一瞬だけ、心を見透かされたのが不思議だとでも言いたそうな顔を見せた。

それから、大きく息を吐き、独り言のように呟く。

「仮初《かりそめ》の平和なのだ」

「何だと？」

「話せば長い」

「時はある」

風庵が促すと、天海は昔話を始めた。

聞けば、目の前の天海は、正真正銘、本物の南光坊天海慈眼《じげん》大師であるという。

「江戸の町が心配で成仏できぬのだ」

天海は言った。

「心配で成仏できぬ？」

風庵には天海の言葉の意味が分からなかった。

確かに、地震、雷、火事に始まり、心配の種は尽きぬようにできている。

しかし、幽霊の身で、降りかかるかもしれぬ天災まで心配する必要はなかろう。

「それは人の子が心配すればよいことだ」

風庵は言ってやった。

「違うのだ」

首を振る天海の顔色は暗い。天災の類を心配しているようには見えない。

「何を気に病んでおるのだ？」

風庵は聞くと、天海は「幽霊だ」とぽつりと答えた。

「幽霊？　あの連中か？」

雪だらけになって遊んでいる小風や犬骸骨たちに目をやる。ますます気に病む理由が分からぬ。あの連中ほど無害なものはいまい。

「違う」

再び、天海は首を振ると言葉を続けた。

「海の向こうから化け物がやって来るのだ」

「まさか……」

突然、海の向こうと言われ戸惑う風庵の顔を、天海は真《ま》っ直《す》ぐに見る。

「豊臣秀吉を知っておるか？」

「太閤《たいこう》を知らぬ者などいないだろう」

百姓から身を興し天下を取った傑物である。

「あやつは海の向こうに手を出した」

天海は顔を顰める。

唐国平定を掲げ、秀吉の手勢が朝鮮に渡ったのは文禄元年、西暦で言うところの一五九二年のことである。

槍一本で天下を狙う時代のことだけに、唐《もろこし》で秀吉の手勢は暴れ回ったという。

「あやつのやったことの仕返しに、唐から幽霊がやって来るのだ」

天海は言った。

話を聞いてしまった以上、放っておくこともできず、しかも、大昔に天海こそが、〝風使い〟に幽霊退治を命じた男であることが分かった。天海の指導の下、風庵と幽霊たちは江戸の町を守ることにした。

手分けして見廻《みまわ》りもしたし、海の妖かしに唐の様子を聞いたりもしたが、返って来る言葉はいつも同じだった。

——とんでもない化け物が唐にいる。

その化け物の前では風庵たちの備えなど、蟷螂《とうろう》の斧《おの》、敵《かな》うわけがないと言うのだ。

「馬鹿な」

風庵には信じられない。

いかに化け物であろうと、今や、天海を含めた江戸中の幽霊が一丸となっているのだ。

町には結界も張ってあり、その証として〝うらめしや〟と書いた看板も作った。備えは万全のはずであった。しかし、

「我々の力では、あの男には勝てまい」

独り言のように天海は呟いた。織田信長や豊臣秀吉、徳川家康を知る男が青ざめている。

「そんなに強いのか？」

風庵は聞く。

「ろくに刀も持てぬ男だ。しかし――」

天海は黙り込んでしまった。

5

小風が寺子屋にやって来て、ちょうど一年が経つかという寒い夜のことである。

その日は朝から風が鳴り、日が落ちると季節外れの嵐のような大風となった。化け物相手に手習いを教えていても、風の音が気にかかり落ち着かなかった。

幽霊たちも風が怖いのか、戸が音を立てるたびに、びくびくとしている。

「嫌な風だ」

小風がぼそりと言った。

町医者の屋敷が火事になったときも、こんな風が吹いていたという。

重苦しい空気を吹き飛ばそうと、明るい口振りで風庵は言う。

「今日は犬骸骨の姿が見えぬな？　あやつ、寝坊でもしておるのか？」

「犬骸骨は江戸城に行っておる」

返事をしたのは天海だった。

聞けば、犬骸骨の飼い主だった浪人が、仕官することになったらしい。

「門番の使いっ走りだがな」

天海は言うが、それでも仕官は仕官である。

かつての飼い主の晴れ姿を一目見ようと、犬骸骨は江戸城へ行っているのであった。

「気のいい話だ」

誰に言うわけでもなく風庵は呟いた。

自分を犬鍋にした飼い主をいまだに心配しているあたり、いかにもお人好しの犬骸骨らしい。

「あやつがいないと静かでよい」

と、小風が憎まれ口を叩いたとき、
カンッ、カンッ、カンッ――――

――と、火事を知らせる鐘の音が鳴り響いた。

「また火事か」

風庵は寺子屋の外に出ると、〝風使い〟の名に相応《ふさわ》しい身軽さで、ふわりと屋根の上に飛び乗った。

小風と天海もやって来る。

「これは――」

風庵は息を呑む。

大川の向こうの空が赤々と燃えていた。火事に慣れた風庵でさえも見たことのないほどの大火事である。

火もとは江戸城のあたりで、遠目にも勢いよく燃えているのが分かる。

「江戸中が火事になるぞ」

暗い口振りで天海が言った。

しかも、火もとと思われる江戸城には犬骸骨がいるはずだ。

幽霊にも色々あるが、殊に犬骸骨のような骸骨幽霊は骨が依《よ》り代《しろ》の役割をしている。骨がなくなってしまえば、幽霊としてさえ存在できなくなってしまう。

「父上」

小風が風庵の顔を見る。〝風使い〟である風庵は風を操り、雲を操ることができる。火の勢いにもよるが、火事を消すことができるかもしれない。

「うむ」

風庵たちは江戸城へと向かった。

※

すでに、江戸城のあたり一面は火の海になっていた。

骸骨幽霊以上に、火に弱い人の子たちが我先にと逃げ惑っている。人の子たちは気づいていないが、逃げ惑う群れの中には妖かしや幽霊の姿もあった。江戸の町で暮らしているのは、人の子ばかりではないのだ。

家財道具を抱え逃げて行く一つ目小僧を捕まえると、小風が犬骸骨の行方《ゆくえ》を聞く。

「髷《まげ》を頭に乗せた間抜けな犬骸骨を見なかったか?」

「大手門の前で、人の子を食おうとしていたよ」

言い捨てて、一つ目小僧は逃げて行く。

「あやつは何をやっておるのだ」

顔をしかめながらも、小風たちは大手門へと急いだ。

大手門というのは、江戸城の正門の名で、諸大名の出入り口となっている。いつもは厳めしい大手門前も、今は乱雑に散らかっている。門さえも焼け落ちた大手門前に、人の気配はなかった。

「ひどい火事だのう」

呆然《ぼうぜん》とした様子を隠しもせず、天海が呟いた。

家康とともに町を作り上げた天海だけに、目の前の大火事が信じられないのだろう。

すぐに火を消してやりたいところだが、火勢が強く、風も吹き続けている。

「これでは雲を呼んだとて、すぐに吹き飛ばされてしまう」

どうしたものかと風庵が考え込んでいると、不意に、小風が声を上げた。

「そこにおるのは犬骸骨ではないか？」

焼け崩れた門の陰から、小さな髷と骨のしっぽが見え隠れしている。

駆け寄ってみると、犬骸骨は貧しい身形《みなり》の武士にまとわりついている。

「師匠と小風でござるかわん？」

犬骸骨は風庵たちに気づく。

見れば、貧しい身形の武士の身体が、焼け落ちた門の下敷きとなっている。

一つ目小僧は「食おうとしている」と言っていたが、犬骸骨は飼い主を救おうとしているのであった。

「力を貸して欲しいでござるわん」

犬骸骨は頭を下げるが、瓦礫《がれき》の下敷きとなった人の子を引っ張り出すことはできない。無理やりに引っ張り出そうとすれば、それこそ、人の子の命を縮めるだろう。

「火事を消すしかあるまい」

強風の中、どこまで雲を呼べるか分からぬが、放っておけば、犬骸骨は飼い主と一緒に燃えてしまうであろう。犬骸骨を見殺しにすることはできない。

「江戸の町を守ってくれ」

天海までもが頭を下げる。

気を練るように心を集中させ、風庵は夜空に向かって呼んだ。

「雲よ、参れ」

とたんに風庵の頭上に雲が集まり始めた。

雨雲よりも重い、雪を降らせる雲のように見える雨雲でもなければ風に勝てず、吹き飛ばされてしまうのだろう。火を消してくれれば、雨でも雪でも構いはしない。

風庵は小さな雲を呼び寄せると、たたんと飛び乗った。

「空へ行け」

雲は風に逆らうように天に昇って行く。

あっという間に雪雲に辿りつくと、大雪を降らせるべく命じる。

「雪よ、火を消すのだ」

言い終わるより早く、はらはらと雪花が舞い始めた。重そうな雪雲だけに、大粒の湿った雪を降らせてくれそうである。

「これで一安心だ」

と、風庵が呟いたとき、風を斬るような音が、
すぱん――――

――――と、響いた。

風庵の胸に、ざくりと傷が走る。カマイタチにやられたときの傷よりも、はるかに深手だった。

「くっ」

歯を食い縛るが、立っていることもできない。

雲の上に膝を突きながら風庵は言う。

「誰の仕業だ？」

すると、雲が動いた。

霞《かす》んだ目からはよく見えぬが、雲の上に鳥の羽の白い扇を持った男が立っている。

「きさま、何者だ？」

風庵の言葉を無視すると、男は独り言のように言った。

「火計を邪魔しおって」

「火計だと？」

この火事は男の仕業なのだ。

「きさま――」

掴《つか》みかかろうにも、風庵には力が残っていない。傷の深さから、おのれの命が間もなく尽きることも分かっていた。

「うるさい。黙って見ていろ」

男は命じると、白い扇を軽く振った。

びゅうッと突風が吹き、雪雲が散った。

さらに、男は地上を見下ろすと、算盤でも弾《はじ》いているような口振りで、呟いた。

「邪魔な幽霊どもがおるようだな」

小風たちのことであろう。

天海が男に気づく。

「やはり、きさまの仕業であったか」

天海の声が響くが、男は返事をしようとしない。

その代わり、再び、男は扇を振った。

風が湧き起こり、紙屑《かみくず》のように天海の身体が飛んで行ってしまった。

小風が天を見上げ、死にかけている風庵に気づく。

「父上ッ」

その言葉を耳にして、男が面白いことを聞いたと言わんばかりに笑った。

「父娘《おやこ》か。一緒にあの世に送ってやろう」

男は白い扇を天に翳《かざ》した。禍々《まがまが》しい風が渦を巻きながら、男の周囲に集まり始める。

〝風使い〟である風庵より、見事に天候を操っている。

「やめるでござるわんッ」

犬骸骨が大声で吠え立てる。

「うるさい犬だ」

男はそよりと白い扇を扇いだ。

小さな風が起こり、犬骸骨の身体にまとわりついた。

しかし、先刻の天海のように吹き飛ばされもせず、何が起こったのか分からぬといった風情で、犬骸骨が立ち尽くしている。

「早く……逃げろ……」

風庵の言葉は届かず、しかも手遅れだった。

男の風は、燃え盛る城から炎を運び、犬骸骨の身体に引火した。

「熱いでござるわんッ」

犬骸骨は悲鳴を上げるが、すでに骨の身体は紅蓮の炎に包まれている。

「犬骸骨ッ」

叫ぶばかりで、小風でさえ近づくことができない。

紅蓮の炎に食われるように、犬骸骨の身体がぽろりぽろりと崩れて行く。

最期《さいご》に、犬骸骨は言った。

「ご主人だけは助けてあげて欲しいでござるわ……ん」

6

長い昔話を語り終えた後、風庵は言った。

「――後は知っての通りだ」

犬骸骨に続き小風も焼かれ、風庵は雲の上で息絶えた。

ひとしきり暴れた後で、男は江戸から去って行ったが、風庵は死人となり、小風は独りぼっちになった。

ちなみに、風庵をさがす途中で、小風は八咫丸と出会い、霊力を秘めた唐傘を手にしたのだ。

これまで風庵が、小風にさえちゃんと姿を見せなかったのは、唐の幽霊、殊に、自分を殺した扇の男の目を用心したからであるという。

「だが、もう放ってはおけぬ」

再び、唐の幽霊が江戸に現れた。

一刻の猶予もならぬと、風庵は小風の前に姿をさらし、これまでの事情を話した。

小風が何もかもを知ったのは、伸吉がお美和と見合いをする少し前のことであった。

「犬骸骨の仇《かたき》を討ってやる」

小風は髪を後ろで縛る。馬の尻尾のように見える。ぴりぴりと小風の周囲の空気が張り詰めていく。

「下らぬ昔話を聞かせおって」

夏侯惇が小風目がけて突進して来た。

「きさまには荷が重い」

「何だと？」

「説明するのも面倒だ。——死ね」

小風の赤い唐傘がぱらりと開いた。

ひゅうどろどろと生ぬるい風が吹き、どこからともなく白い霧が立ち込めて来た。

小風は呟く。

「無間地獄その七、身洋処《しんようしょ》」

阿鼻叫喚《あびきょうかん》地獄とも呼ばれる最悪の地獄である。絶え間なく苦痛を受け、それから逃れることができないとされている。

「何だと？」

夏侯惇は身構えるが、何も起こらない。

「ふ。口だけか」

と、再び、小風に襲いかかろうとしたとき、
ぼこり、ぼこり——

——と、地べたが盛り上がった。

突如、夏侯惇の両脇に、二本の巨大な木が生えた。しかも、巨木は鉄でできている。

「ちッ」

舌打ちしながら逃げようとするが、二本の巨木は夏侯惇を挟み込む。

「終わりだ、愚か者」

小風の言葉とともに、二本の巨木が牙のように動き、夏侯惇を食らった。

とたんに、夏侯惇の身体は灰となり、さらさらと崩れて行った。

「ふざけおってッ」

呂布が怒声を上げた。

小風を目がけて、赤兎馬を走らせて来る。

「きさまが呂布か。うむ。夏侯惇よりはましらしいな」

独り言のように呟くばかりで、小風は逃げようとしない。巨大な無間地獄を召喚したため、力を使い果たしてしまったかにも見える。

「小風お姉さま、危ないですわッ」

「にゃあッ」

「みゃあッ」

しぐれと二匹の猫骸骨は悲鳴を上げるが、助けようにも十常侍に抱きつかれ身動きが取れない。そもそも相手が呂布では、しぐれたちにどうにかできるものではない。

「串刺しにしてくれるわッ」

小風を突き刺そうと、呂布が方天画戟を高々と振り上げたとき、その戟に、

びりりッ――――

――と、雷が落ちた。

雷に打たれ、糸の切れた操り人形のように、呂布と赤兎馬が崩れ落ちる。

「父上を忘れるとは愚かな」

小風が呟いた。

吹き荒れる風の中に、〝風使い〟風庵が立っている。そして、江戸湾に浮かぶ軍船に向かって大声を上げる。

「あのときのお返しをしてやるッ。出て来い、諸葛亮孔明ッ」

再三再四、江戸の町に火事を起こしていたのは諸葛亮孔明であった。

其ノ六 仲吉、祝言を挙げるの巻

1

そのころ、仲吉は劉備と浅草の門前町で饂飩を売っていた。

饂飩売りに飽きてしまったしぐれや猫骸骨たちと違い、筵を売って母親を養ってきた劉備は真面目である。

「商売《あきない》というものは、コツコツと飽きずにやるものだ」

英雄とは思えない洒落を言っている。

仲吉自身、饂飩売りが気に入っているわけではないが、小風のいる寺子屋にいたくなかった。日暮れを待って、劉備を引っ張るように浅草まで饂飩を売りにやって来たのだ。

——どうしたらいいのかねえ。

屋台を引きながら伸吉は悩む。

いつもは小風のことばかり考えているが、今日ばかりは他の女の顔が伸吉の脳裏に浮かんでいた。

お美和。

見合いをした娘の名である。

無理やりに押しつけられた見合いだが、会ってみればお美和はよい娘だった。

恋をしているのかと聞かれれば、首を捻《ひね》るしかあるまいが、一緒にいて心が休まる。

お美和の笑い声は心地よく、今も伸吉の耳に残っている。少なくとも、一緒になれば、楽しく暮らして行けることは分かった。

——でもねえ……。

伸吉はため息をつく。

お美和と一緒になるということは、小風やしぐれ、猫骸骨たちとの別れを意味する。

いつまでも、人の子である伸吉が幽霊たちと暮らすことなどできぬ。そんなことくらい伸吉だって百も承知している。そもそも、小風に惚れたと言っても、まるで相手にされていないのだから、誰がどう考えたって、お美和と一緒になるべきであろう。

しかし、伸吉は幽霊たちと別れたくなかった。

――困ったねえ。

しきりにため息をつく伸吉の隣で、劉備が口を開いた。

「なぜ、こんなに客がいないのだ?」

自分の悩みだけで手いっぱいで気づかなかったが、言われてみれば客どころか誰もいなかった。

田舎ならともかく、ここは浅草である。ひとけがないことなどあり得ない。

「何かあったのかねえ……」

「さて……」

劉備と二人で首を捻っていると、ようやく一人目の客がやって来た。

姿を見せたのは一つ目小僧であった。仕事帰りなのか、疲れた様子をしている。

「いらっしゃいッ。何にしましょう?」

劉備の言葉に、一つ目小僧は慣れた口振りで饂飩を注文する。

「熱い饂飩をおくれ。玉子を一つ落としてね」

「へい」

英雄とは思えぬ板についた返事をすると、劉備は饂飩を作り始めた。一つ目小僧が注文したのは、麺を打つところから始める本格的な饂飩だけに時間がかかる。

饂飩ができ上がるまで客の相手をするのは、伸吉の仕事である。

伸吉は一つ目小僧に話しかける。

「お忙しそうですね」

「仕事があるってのは、いいことだからね」

一つ目小僧は答えた。

しゃべり好きらしく、伸吉が促すまでもなく、一つ目小僧は言葉を続ける。

「まあ、今の仕事もいつまでやれるか分からないけどね」

何の仕事をやっているのか知らぬが、何やら深刻そうな顔をしている。

少し前に、猫骸骨が仕事をなくしたと大騒ぎしたことを思い出し、仲吉は一つ目小僧に同情する。

「どうかしたんですかい？」

仲吉が聞くと、一つ目小僧は大きくため息をついた。

「火事から逃げるんだよ。江戸の町は焼けちまうよ」

「火事？　江戸の町が焼けるって？」

そんな大きな火事が起こっているのかと、周囲を見回すが、やはり静まり返っている。

一つ目小僧は言う。

「おいら、見たんだよ」

「何をですか？」

「大昔の火事のときに見た白い扇をね。きっと火計が始まるよ」

何から何まで意味が分からないが、とんでもないことが起こっているらしい。

言葉に詰まる仲吉を尻目に、独り言のように一つ目小僧は言葉を続ける。

「あんな化け物が相手じゃあ、〝唐傘小風〟も勝てないだろうね」

「えッ？　小風？」

「ん？　兄さん、小風を知ってるの？」

「小風がどうかしたんですか？」

「これからやられちまうんだよ」

「何だってェッ？」

気づいたときには、一つ目小僧に摑みかかっていた。

喧嘩慣れしてしていない伸吉だけに、図らずとも一つ目小僧の首を絞めているような格好になっている。

「く、く、苦しいッ。放してくれッ」

「小風はどこにいるの？」

首を絞められたまま、一つ目小僧は答える。

「江戸湾だよッ」

よく分からぬが、江戸湾で小風が危機に陥っているらしい。

一つ目小僧から手を放すと、饂飩を作っている劉備に声をかける。

「江戸湾に行かないとッ」

返ってきたのは劉備の声ではなかった。

「――行ってはなりませぬ」

娘の声が聞こえてきた。

いつの間にか、劉備の姿が消え、屋台の脇に九つか十くらいの少女が立っている。

幼い顔に不似合いな赤い口紅を差している。

どこかで見たような気がするが、思い出せない。近所の娘なのかもしれぬ。

今は見知らぬ少女の相手をしている場合ではない。

「早く家に帰んなよね」

と、言い捨てて、江戸湾に向かって駆け出そうとするが、少女が通せんぼをするように道を塞《ふさ》ぐ。

「どこの子か知らないけど、どいておくれよ」

伸吉の言葉に、少女がため息をついた。年齢に似合わぬ大人びたため息だった。

「あたしのことを忘れたのかい、伸吉？」

「まさか――」

名を呼ばれて、一人の老婆の姿が思い浮かんだ。帰る家を忘れても、この老婆のことを忘れた日はない。

伸吉の口から、懐かしい名が零《こぼ》れ落ちる。

「卯女お祖母ちゃん？」

死んだはずの卯女が——それも、少女の姿で現れたのだ。

「若いころの姿で戻せと閻魔に言ったが、ちと若すぎたかのう」

呑気《のんき》なことを言いながらも、通せんぼの格好で伸吉の行く手を遮っている。

祖母と話したいことは山のようにあったが、今は行かなければならないところがある。

「江戸湾に行かないといけないんだ。退《ど》いておくれよ」

伸吉は言うが、卯女は退いてくれない。

穏やかな口振りで卯女は聞く。

「江戸湾に行って、どうするつもりじゃ？」

「小風を助けないと——」

助けられるか分からぬが、このまま黙っていることもできない。

卯女は問いを重ねる。

「助けてどうするつもりじゃ？」

「え？」

「幽霊の娘と結婚でもするのか？」

「それは――」

仲吉は言葉に詰まる。

「おまえには他に似合いの娘がいるだろう」

お美和の顔が思い浮かぶ。

思い浮かんだのはお美和の顔だけではない。お美和とともに暮らし、子や孫に囲まれる自分の姿が見えたのだ。

仲吉さえ、その気になれば、平凡だが温かい暮らしが手に入る。

そんな仲吉の心を覗き込むように卯女は言う。

「幽霊のことなど忘れてしまえ」

「そんな……」

言葉に詰まる仲吉を見て、卯女はやさしげな笑みを浮かべた。仲吉が困っているとき、いつだって、こんなふうに卯女はやさしく笑ってくれた。

世間では鬼婆のように言われていたが、誰よりもやさしいことを伸吉は知っている。

卯女の言うことが間違っていたことなど、今の今まで一度だってなかった。

「婆はおまえに幸せになって欲しいのじゃ。小風のことなど忘れて、お美和と結婚しておくれ」

卯女は言った。

2

今まで、ぐずぐずしていたのが嘘のように、伸吉の縁談はとんとん拍子に進み、あっという間に祝言の夜となった。

指折り数えるまでもなく、江戸湾の騒動から半月と経っていない。

「何だって、早《はえ》え方がいいって相場が決まってんだよ」

早飯、早糞と品のないたとえを口にしながら、傘平が一人で盛り上がっている。

本所深川あたりの貧乏人にはよくあることだが、祝言は新郎の家——つまり、伸吉の寺子屋で行われていた。

新郎新婦の他には、お美和の両親と伸吉の親代わりとして傘平がいるだけの、地味な祝言であった。

紋付き袴《はかま》姿の傘平はいつにない上機嫌で言う。

「これであっしも、伸吉師匠の婆さんに顔向けができるってもんだぜ」

――そう言えば、来てないねえ。

伸吉は肩を落とす。

あの夜、少女の姿で伸吉の前に姿を現して以来、卯女は消えてしまった。

もしかしたら、祝言にはやって来るかと、夕暮れすぎに始めることにしたが、やはり、祖母がやって来る気配はない。

消えてしまったのは卯女だけではない。

お美和と結婚を決めてから、うるさく付き纏っていた幽霊たちも消えてしまった。

劉備に至っては、卯女が現れたときから会っていない。

卯女と再会した翌日、日の昇るのを待って、江戸湾に行ってみたが、唐の軍船どころか、幽霊の〝ゆ〟の字もなかった。

夜の寺子屋の時刻になっても、ひゅうどろどろの生ぬるい風は吹かず、夜が明けるまで伸吉は一人ぼっちで教場に立っていた。二度と、小風や猫骸骨たちに会えないように思えた。

——何もかも夢だったのかねえ。

そう思い込めれば楽だったろうが、夢なんかではないことを伸吉は知っている。

——小風……。

寺子屋の隅に目をやると、赤い唐傘が置かれている。江戸湾に転がっていたのを拾ったのだ。

小風は存在し、江戸湾で何かがあったことは明らかだった。

江戸中を駆け回って小風やしぐれの姿をさがしたが、幽霊たちは見つからない。煙のように伸吉の前から消えてしまった。

いつか幽霊たちと別れる日が来ることくらい承知していたが、唐突に消えるとは思っていなかった。

——人の世で幸せになっておくれ。

卯女の言葉が伸吉の脳裏を駆け巡る。幽霊のことなんか忘れてしまえと卯女は言ったが、その幽霊の中には、きっと卯女自身も含まれているのだろう。

命ある者はいつか死ぬのだから、伸吉だって、あと何十年か後には幽霊になる。

——小風たちと暮らすのは、それからでも遅くない。

伸吉は自分に言い聞かせる。小風たちが消えてから、何度も同じ言葉を繰り返している。

「今日はずいぶん静かなんですね」

お美和が話しかけて来た。

町人同士の祝言ということで、堅苦しいことは省いたが、お美和は白粉《おしろい》を塗り艶《あで》やかな紅を差している。白い打掛もよく似合っていた。性格もよければ見映えも悪くない。伸吉には、もったいない花嫁である。

伸吉が答えるより早く、傘平が口を挟む。

「心配《しんぺえ》しねえで大丈夫ですよ、お美和さん」

見合いの席に続いて傘平は酒くさい。

「でも、伸吉さん、今日は静かだから」

考え込んでいる伸吉を心配してくれたらしい。心の芯からやさしい娘なのだ。

傘平は伸吉の悩みなんぞ歯牙にもかけない。

「師匠は昔からおとなしくて、幽霊みてえだったぜ。静かなのが普通だ」

〝幽霊〟という言葉を耳にして、伸吉の心は千々に乱れる。このまま、小風たちのことを忘れ、お美和と所帯を持つことが正しいのか分からなかった。

あのとき、卯女の懇願に負けて、すぐに江戸湾に行かなかったことを後悔している。

日にちが経っても、後悔の痛みは消えることなく、逆に大きくなっている。このまま、死ぬまで後悔し続けるのかもしれない。

「男は無口なもんだぜ。こう見えても、あっしだって――」

ぺらぺらと傘平がしゃべっていると、突然、一羽の小ガラスが寺子屋の中に入り込んで来た。

日本橋あたりのお嬢さんなら大騒ぎするところだろうが、江戸田舎の本所深川の町娘はカラスごときでは驚かない。

「まあ、ずいぶん可愛いカラスね」

お美和は手を伸ばす素振りさえ見せている。

伸吉には、ただのカラスではないとすぐに分かった。

「八咫丸……」

伸吉の口から、小風のカラスの名が零れ落ちた。

「カァー……」

返事をするように、八咫丸は力なく鳴いた。見れば、身体中に怪我をしている。

「伸吉さん、カラスに知り合いがいるの？」

お美和が目を丸くしているが、尋常ではない八咫丸の様子を見ては返事をするどころではない。

「八咫丸、小風たちは？」

お美和や傘平の目も憚《はばか》らず、伸吉は八咫丸を問い詰める。

「カァー」

力を振り絞るように八咫丸は答えるが、残念なことにカラスの言葉は分からない。

それでも、八咫丸の傷だらけの身体と物言いたげな様子を見れば、何かとんでもないことが起こっているくらいは分かる。

――今度こそ、行かなければならない。

伸吉は八咫丸を肩に乗せると、祝言の席から立ち上がった。

「何でえ、師匠？」

突然、立ち上がった伸吉を見て傘平が目を丸くする。

「お美和さん、傘平さん、すみません」

伸吉は頭を下げた。人としての幸せを望む卯女の声が蘇《よみがえ》ったが、伸吉の心は決まっていた。

「行かなければならないところができました」

お美和と傘平に言う。

「行かなきゃならねえって……。師匠、祝言の最中だぜ」

傘平は目を白黒させている。

「すみません」

伸吉は頭を下げる。

思い返してみれば、傘平には世話になっている。

何の前触れもなく卯女が死に、天涯孤独の身となった伸吉の力になってくれたのは傘平だった。

傘平がいなければ、伸吉などとうの昔にくたばっていたかもしれない。

今だって、傘平は伸吉の幸せを願って祝言をお膳立てしてくれた。自分の孫が結婚するより、伸吉の祝言を喜んでくれているのだ。

傘平の息子が言うには、目に涙を浮かべながら、「もういつ死んでもいい」と言っていたという。

祝言の途中で席を外せば、縁談は壊れ、傘平の顔に泥を塗る結果になることも分かっていた。

お美和にしても、祝言の最中に男に逃げられた女として町中の笑い者になるだろう。

何の咎もない二人の真心を踏みにじることになるのだ。

今なら、「冗談です」の一言で、笑って済ましてもらえることも承知している。

幽霊など放って、お美和と一緒になった方が幸せになれるに違いない。

しかし、伸吉の口から飛び出したのは別の言葉だった。

「大切な人が大変なことになっているんです」

「大切な人って、女の人？」

お美和は聞いた。気丈なはずのお美和の指先が、ほんの少しだけ震えている。

「そう。女の子」

お美和の目を真っ直ぐに見たまま、伸吉は正直に言う。誰かの目を、こんなにはっきりと見て、しゃべったのは初めてのことだった。

「とっても大切な女の子なんです」

伸吉ははっきりと言った。

「し、し、師匠、おめえ――」

口をパクパクさせながら文句を言おうとする傘平や、口を挟もうとする両親を目で制し、お美和は伸吉に問いを投げかける。

「その女の人とは恋仲なの？」

「ううん。違う。相手にもされていないし、恋仲になることはないと思う」

自分の言葉が胸に痛かった。

相手は娘の幽霊なのだ。人の子と恋仲になれるはずがない。

傘平がふうと息をつく。

「師匠、びっくりさせねえでくれ。ただでさえ短《みじけ》え寿命が縮まっちまう」

恋仲ではないと聞いて安心したらしい。

わざとらしいくらい明るい口振りで、傘平は言葉を続ける。

「てっきり、師匠の想い人かと思ったぜ」

見れば、傘平の目は笑っていなかった。祈るような目つきで仲吉を見ている。

粗忽《そこつ》なところはあるが、傘平は馬鹿でも間抜けでもない。

小風のことを知らずとも、仲吉の言わんとしていることくらい承知しているはずである。

この期に及んで、傘平は何もかもを丸く収めようとしているのだ。

「傘平さん、すみません」

仲吉はやさしい恩人に頭を下げる。

「おめえ――」

言葉に詰まる傘平に、仲吉は言う。

「いちばん好きな女《ひと》のところに、行かなければならないのです」

3

何もかもを振り捨てて寺子屋の外に出たとたん、伸吉の懐から人ではないものの声が聞こえた。

——馬鹿だと思っていたが、本物の馬鹿だったか。

「えッ？」

びくりと足を止める伸吉の懐から、古めかしい帳面がばさりと落ちた。帳面の表には〝百鬼夜行《ひゃっきやこう》の書〟と書かれている。

風もないのに、〝百鬼夜行の書〟はぱらぱらと捲《めく》れ、やがて狐火の絵が描かれているところで止まった。

帳面の中の狐火の絵が口を利く。

——仕方のない小僧だ。

そして、伸吉が返事をするより先に、どろんと煙を上げた。

煙を食い破るように、紅蓮の炎を身に纏った狐が帳面の中から飛び出して来た。

百の妖かしが棲む帳面——それが、〝百鬼夜行の書〟だった。

卯女から形見のようにもらったものの、今まで伸吉は〝百鬼夜行の書〟を使いこなすことができなかった。

こんなふうに、何の前触れもなく話しかけられたことなど、今の今まで一度もない。

狐火はその百の妖かしの中でも、首領格であるらしく、しばしば伸吉と口を利く。

狐火が聞いてきた。

——誰が相手なのか分かっているのか？

「知らない」

伸吉は正直に言う。傷だらけの八咫丸を見て、飛び出して来ただけである。八咫丸が教えてくれなければ、どこに行っていいのかさえ分からない。

——まったく、この小僧ときたら。

狐火がため息をついた。その様子を見るに、狐火は何が起こっているのかを知っているらしい。

「何が起こっているんだい？　教えておくれ、狐火」

伸吉の言葉に、狐火が口を開く。

――合戦だ、小僧。

「合戦？」

思いがけない狐火の返答に、伸吉はきょとんとする。

もちろん、合戦という言葉自体を知らぬわけではない。戦国乱世には天下を賭《か》けて、武将同士が争ったという。

しかし、今は天下泰平の江戸の世で、合戦なんぞ芝居か絵草子の中くらいでしか見たことがない。

「合戦なんて――」

誰と誰が、何を賭けて戦うというのか。

――唐の幽霊が、江戸の幽霊に挑んで来たのだ。

江戸湾にやって来たという軍船のことを思い出す。

伸吉が思っていた以上に、とんでもない事件が起こっているようだ。

「小風は……」

血の気が引いた伸吉を見て、八咫丸が口を挟んだ。

「カァー、カァー」

何を言っているのか分からぬが、狐火はカラスの言葉が分かるらしく、ふむふむとうなずいている。

やがて、狐火は言った。

――唐の幽霊どもに捕まったそうだ。

小風だけではなく、しぐれや猫骸骨たちも捕まってしまったという。

相手が唐の幽霊だけに、みんながどんな目に遭っているのか予想もできない。

「早く助けに行かないと」

伸吉は焦るが、小風たちがどこにいるのか見当もつかない。

今にも走り出しそうな伸吉を止めるように狐火は言う。

――もう手遅れだ。

背筋がすうと冷たくなった。

「手遅れ？　まさか――」

死に行く小風の姿が、伸吉の脳裏に思い浮かんだ。

思わず詰め寄りかけた伸吉を宥めるように、狐火は言う。

――捕まっただけで、あの世へ送られてはおらん。

幽霊が死ぬのか分からぬが、とにかく、助けに行かなければならない。

「小風たちはどこにいるの？」

伸吉は八咫丸と狐火に聞いた。

――だから、手遅れだ。助け出すことなどできぬ。

狐火の言葉に、八咫丸が肩を落とす。よほど厄介《やっかい》なところに連れて行かれたらしい。

「でも助けなきゃ」

伸吉は同じ言葉を繰り返す。

――おまえが死ぬことになるぞ。

危ないことは承知している。

小風でさえも捕まったという唐の幽霊が相手だろうと、放っておけるわけがない。

お美和や傘平相手に大見得を切った通り、小風は大切な存在なのだ。

それに、今の伸吉は無力ではない。

「力を借りるよ」

そう呟き、伸吉は〝百鬼夜行の書〟に手を置いた。手を置いたとたん、微《かす》かに〝百鬼夜行の書〟が熱くなった。伸吉の言葉が聞こえている証拠であろう。

誰かに教わったわけでもないのに、自然と真言が零れ落ちる。

オン・カカカ・ビサンマエイ・ソワカ
オン・カカカ・ビサンマエイ・ソワカ

両手で地蔵菩薩印を結ぶと、〝百鬼夜行の書〟が眩《まばゆ》く光り、ペラペラと捲れ始めた。

光の中から、六体の地蔵――六地蔵が現れた。

そして、六地蔵を追いかけるようにして、一つ目小僧や百目鬼、髑髏《どくろ》鬼《おに》、がしゃどくろ、雪女など百の化け物が〝百鬼夜行の書〟から飛び出した。

本所深川の空いっぱいに百鬼が浮かんでいる。

――少しは使えるようになったようだな。

狐火は言うが、言葉とは裏腹に、その口振りは暗い。この程度では、唐の幽霊相手に歯が立たないと言わんばかりである。

「小風たちがどこにいるのか教えておくれよ」

伸吉は狐火に聞いた。

ほんの一瞬、躊躇《ためら》うような素振りを見せたが、ため息をつくと狐火は教えてくれた。

――江戸城だ。八咫丸が言うには、唐の幽霊どもは夜の江戸城を我が物にしたらしい。

「何だって？」

伸吉は聞き返す。

江戸城と言えば、この国の中枢であり、天下人たる将軍のいるところである。

その江戸城が唐の幽霊どもの手に落ちたとすると、一大事であろう。それにしては町が静まり返っている。

――夜だけの話だ。

江戸城の寝ずの番や門番は術で眠らされており、いまだ異変に気づいていないというのだ。

——城を落とさねば、連中を救うことはできん。

狐火の言葉が耳を打った。

いずれにせよ、小風たちを救うためには江戸城を攻めなければならない。しかも、城を守っているのは合戦慣れした三國志の英雄たちなのだ。

——城攻めなど、できるのか？

「いや……」

伸吉は力なく首を振る。今の江戸に城攻めのできるものなどいるはずがない。

〝百鬼夜行の書〟から抜け出した妖かしどもを見ても、やはり自信がないのか黙り込んでいる。何しろ、唐は妖かしの本場なのだ。

百鬼たちがざわめく中、突然、どこからともなく、
ひゅうどろどろ——

——と、生あたたかい風が吹いた。

その風を押し退けるように、天鵞絨《ビロード》のマントに南蛮鎧《よろい》を身につけた細面《ほそおもて》の男が現

れた。

平穏な江戸の町に不似合いな硝煙のにおいを身に纏い、眼光鋭く江戸城の方を見ている。

伸吉は男の名を呼ぶ。

「上総介」

姿を見せたのは、家出したはずの織田信長上総介の幽霊であった。

上総介は言う。

「合戦ならば任せておけ」

「どうして……？」

二度と戻って来ることはないと思っていた。

「しぐれを助けてやらねばなるまい。家来を見捨てる主《あるじ》など醜い」

上総介は言い放った。

しぐれと上総介のどちらが主従なのかは置くとして、戦国乱世の覇者である織田信長の存在は心強い。

「それに——」

上総介は言葉を続ける。

「年寄りを見捨てることもできぬ」

「年寄り？」

風庵や天海のことだろうか。伸吉の心を覗いたように、上総介は首を振る。

「師匠の婆上だ」

「え？」

「卯女殿が江戸城に向かったのだ」

上総介は言った。

其ノ七　卯女、江戸城へ向かうの巻

1

　真冬の夜らしく、さらさらと雪が降っていた。

　殺し屋の幽霊である雪灯音之介《ゆきあかりおとのすけ》は、卯女と二人で江戸城に向かっていた。一緒に歩いているわけではなく、音之介が勝手に卯女について歩いているのだ。

　音之介も夜の寺子屋の教え子の一人で、伸吉には世話になっている。生前に卯女にも会っており、寺子屋の幽霊の中でもゆかりの深い一人であった。

「なぜ、ついて来るのじゃ？」

　先刻から、卯女は同じ台詞を繰り返している。小風や上総介がいなくなった今となっては、音之介くらいしか戦える者はいない。

閻魔が味方をしてくれればよいのだが、公平な裁きを旨とする地獄の大王である以上、どちらかに肩入れすることはできないという。卯女を現世に呼び戻しただけでも、公平に接しなければならぬという規則に反しているらしい。

その後に続く言葉も何度も聞いている。

「帰らぬと消されるぞ」

江戸城にいるのは三國志の英雄の幽霊なのだ。卯女の言葉は、冗談や威《おど》しではあるまい。

しかし、音之介に帰る気はなかった。

「お供するでござるよ」

音之介も、先刻から同じ台詞を繰り返している。

「消されてもよいのか？　おかしな幽霊じゃ」

馬鹿馬鹿しいと言わんばかりに、卯女はため息をつく。

「馬鹿なのは卯女殿の方でござる」

音之介は言ってやった。

性格の悪い婆で、生前は幽霊たちを扱き使っていたと伸吉は言っていた。卯女に苛《いじ》められた仕返しに、伸吉が幽霊どもに狙われているとも聞いた。

卯女がそう思わせていただけで、真相は違っている。

実のところについては、古株の幽霊である虎和尚、狼和尚から話は聞いている。

二人の和尚は言っていた。

「南無阿弥陀仏、南無阿弥陀仏。卯女殿には足を向けて眠れぬ」

卯女は幽霊退治の〝風使い〟の血筋に生まれながら、幽霊を退治するより成仏させることに心を砕いた。

虎和尚や狼和尚のように成仏できぬ幽霊については寺子屋に引き取り、我が子に接するごとく世話をしてくれたという。

「こんなによくしてくれる〝風使い〟は、風庵殿以来のこと。ありがたや、ありがたや」

幽霊たちが伸吉に寄って来るのは、仕返しをするためではない。卯女に受けた恩を返すため、もしくは、「成仏させてくれ」「救ってくれ」と縋《すが》りついて来るのだ。

卯女から何も知らされていなかった伸吉が、怯えるのは無理のない話である。

「馬鹿な婆なのは承知しておる」

相変わらずの少女の容姿で卯女は言う。卯女が何を言おうとしているのか、音之介には手に取るように分かる。

卯女が小さな声で呟く。

「孫には普通の人の子として暮らして欲しかったのじゃ」

伸吉を幽霊退治の〝風使い〟として育てなかった。

「あの子に才があることは分かっておった」

ぽつりと卯女は言う。

どんなに厳しい修行を積もうと、才のない者は〝風使い〟にはなれないが、卯女の血を受け継いだ伸吉には〝風使い〟になれるだけの素質があった。

しかし、〝風使い〟になったとしても、幽霊相手のことで命を落とす可能性はある。

たいていの幽霊には好かれているが、悪霊や今回のように海の向こうの妖かしがやって来ることもある。実際、伸吉の父母も、伸吉が物心つく前に死んでいる。

さらに、卯女は言う。

「唐の妖かしに狙われていることは知っておった」

すべてではないが、江戸の町に火事が多いのは、唐の妖かし——つまり、孔明の火計であるという。

風庵を見て警戒したのか、大がかりに改めることはしなかったが、日本の妖かしの力を試すように、ちょくちょくとちょっかいを出すのだった。

「町が火の海になろうと、幽霊たちが成仏できずに彷徨おうと、婆は伸吉《あのこ》に幸せになって欲しかったのじゃ……。本当に馬鹿で身勝手な婆じゃて」

そう言いながらも、卯女は江戸の町を見捨てたわけではなかった。

伸吉が大人になるのを待って、ある夜、唐の妖かしども相手に、たった一人で戦いを挑んだ。

「なぜ、寺子屋の幽霊たちを連れて行かなかったのでござるか？」

音之介が聞くと、卯女は鼻で笑うようにして答えた。

「あんな連中がおっても足手まといじゃ」

「嘘でござる」

音之介は首を振った。

少女の姿をした婆ときたら、憎まれ口を叩かずにはいられぬらしい。

「卯女殿は、みんなを巻き込みたくなかったのでござろう」

天海や古株の幽霊たちから、唐の妖かしの強さを聞いていたはずである。

勝てぬことを承知しながら、卯女は捨て身で戦いを挑んだのだろう。

そして、卯女は斬られて死んだ。

「ふん。勝手に言っておれ。殺し屋のくせに口数の多い男じゃな」

卯女は言うと、にわかに足を止めた。

いつの間にか、二人の幽霊は江戸城の大手門前に立っていた。卯女は正面から乗り込むつもりらしい。

「無茶でござ――」

と、言いかけたとき、音之介の身体が吹き飛び、地べたに叩きつけられた。

何かが音之介の上に乗っている。

獣のものらしき、荒い息遣いが聞こえる。

地べたに叩きつけられ歪んだ視界に目を凝らせば、白い骨の犬が牙を剝き出しにしている。

「何者でござるか？」

「江戸城の番犬、犬骸骨でござるわん」

白い骨の犬——犬骸骨の牙が音之介の喉《のど》を刺し貫いた。

「やめぬか、馬鹿犬」

卯女は言うと、風天印を結び、真言を唱えた。

カン・バヤベイ・ソワカ
カン・バヤベイ・ソワカ

とたんに空がざわめき、地べたを這うように小さな竜巻が起こった。

〝風使い〟と呼ばれるだけあって、卯女の召喚した竜巻は猛々しい。

「音之介を放さぬと、この世の果てまで吹き飛ばすぞ」

卯女は言うが、犬骸骨は牙を立てたまま、音之介の身体を放そうとしない。

「言っても分からぬとは仕方のない馬鹿犬じゃ」

卯女は竜巻を走らせた。

轟々《ごうごう》と音を立てて竜巻は犬骸骨に向かっていく。

「飛ばされてしまうがいい」

卯女の言葉を受けて、竜巻が犬骸骨を飲み込もうとした寸前、
ぬう――――

――と、巨大な壁が現れた。

竜巻は壁に跳ね返され、呆気なく消えた。

壁の向こうでは、犬骸骨に喉を砕かれ、音之介がさらさらと消えて行く。

「殺し屋ッ」

卯女が叫ぶと、最期に音之介は呟いた。

「役に立てずに、申し訳ないでござる」

2

卯女は犬骸骨と巨大な壁を睨みつける。

「犬骸骨にぬりかべ、おぬしら寝返ったのじゃな」

その言葉に返事をするように巨大な壁に手足が生え、やがて目と口が浮き上がった。

ぬりかべというのは、その名の通り、壁の化身とも言われる妖かしで、狸や狐が化けていると言われることもある。

目の前に現れたぬりかべは、壁の付喪神《つくもがみ》であるようだ。百年の歳月を経て妖かしとなる物は多く、人の念がこもりやすい壁の付喪神は珍しくもない。場所が場所だけに、江戸城の壁の一部が長い歳月を経て、妖かしになったのかもしれぬ。

いずれにせよ、ぬりかべも犬骸骨も日本の妖かしのはずである。殊に、犬骸骨は風庵の教え子、つまり、夜の寺子屋の仲間であったと聞いている。

卯女は犬骸骨を問い詰める。

「なぜ、邪魔をするのじゃ？　答えろ、犬骸骨」

卯女の言葉に答える素振りもなく、犬骸骨は牙を剝き出しにして唸《うな》っている。

卯女は叱りつけるように言う。

「風庵に受けた恩を忘れたのか？」

〝風庵〟の名を聞いて、ほんの一瞬、戸惑うような沈黙があったものの、やはり、術にかかっているのか犬骸骨は正気には戻らない。

「問答無用でござるわん」

犬骸骨が襲いかかって来た。犬の幽霊だけあって、その動きは素早い。

再び、風天印を結び、卯女は風に乗った。

いくら動きが素早くとも、〝風使い〟として修行を積んだ卯女の敵ではない。

牙や爪で卯女を切り裂こうとするが、犬骸骨の攻撃は、すかりすかりと空を切るばかりである。

「今度はこちらの番だ。覚悟するがいい、馬鹿犬」

卯女は〝三途の紐〟で組んだ組紐を手にした。

犬骸骨が牙を剝いた理由は分からぬが、一件が終わるまで縛りつけておけばいい。

しゅるりと組紐が走った。

犬骸骨を搦《から》め捕ろうと、組紐が毒蛇のように飛んでいる。

しかし――――

――――ぼとり。

組紐は犬骸骨の身体に触れることなく、地べたに落ちた。

見れば、ぬりかべが立ちはだかっている。

「ぬ～」

唸り声を上げながら、ぬりかべが近づいて来る。卯女のことを踏み潰すつもりなのだろう。

「くっ」

ぬりかべに潰されないために、いっそう空高く舞い上がったが、次の瞬間、突風に飲み込まれた。

紙屑のように卯女の身体は吹き飛ばされ、音を立てて、ぬりかべに叩きつけられた。

全身の骨が軋《きし》み、息が吸えなくなった。

どさりと卯女の小さな身体が地べたに崩れ落ちた。

大の字に倒れ、なすすべもなく天を仰ぐ卯女の眼中に、漆黒の翼で空を飛び回る天狗の姿が映った。

卯女を吹き飛ばしたのは、天狗の扇に違いあるまい。犬骸骨、ぬりかべに続き、天狗までが唐の味方をしているらしい。

地べたに叩きつけられ、立ち上がることのできぬ卯女の耳に足音が聞こえた。掠れる声を絞り出すようにして、卯女は足音の主に声をかける。

「誰……じゃ？」

「まだ口が利けるとは見上げたものだ」

冷たい声が返って来た。男の声にも女の声にも聞こえる。

身動きできぬ卯女の視界に、唐の武将らしき男の姿が入って来た。

女のように髪を伸ばした色の白い美貌の男が、卯女を見下ろしている。

三國志の英雄で、女のような美貌を持つ男など一人しかいまい。

「美周郎……」

卯女は男の渾名《あだな》を口にした。

三十六で死ぬまで呉を率いたと言われている周瑜である。

主君である孫権からも〝兄〟と慕われ、その優れた武略には孔明さえも一目も二目も置いたと言われている。

世間には広まっていないが、周瑜にはもう一つの渾名があった。

〝幽将軍〟

成仏しようという幽霊や妖かしを呼び戻し、手下として操るのだ。

召喚された幽霊や妖かしたちは成仏することも許されず、周瑜の手下として働かされるのだ。おそらく、自分の意思さえ持っていないだろう。

犬骸骨やぬりかべは寝返ったわけではない。周瑜の道具とされていただけなのだ。

「情のない術を使いおって」

「女だけにぬるいことを言いおる」

鼻で笑うと、周瑜は思わせぶりに言葉を重ねる。

「卯女とやらに、よいものを見せてやろう」

「よいものだと……？」

「黙って見ておれ」

周瑜は右手を軽く上げた。

閉じられていた大手門が開き、夜の江戸城にいくつもの人影が見えた。

「姿を見せてやれ」

周瑜の言葉を合図に、篝火《かがりび》が焚《た》かれた。

硝煙のにおいが鼻につき、何本もの旗印が目に飛び込んで来た。

〝風林火山〟

〝毘《び》〟

さらには、金の逆さ瓢簞の馬印までもが見える。周瑜が誰を招喚したのか、すぐに分かった。

「周瑜、きさま、何をした？」

痛む身体を忘れ、卯女は美周郎を睨みつける。

焼きつくような卯女の視線を、柳に風と受け流し、周瑜は艶やかな笑みを浮かべる。

美周郎は言う。

「知れたことよ。この小《ち》っぽけな国の英雄とやらを呼び戻したのだ」

武田信玄や上杉謙信を始め、豊臣秀吉、徳川家康の姿までがあった。死んでしまった武将を招喚し、手足のように使うからこそ、〝幽将軍〟なのだ。

「何をするつもりだ？」

「英雄どもに町を壊してもらう。江戸の連中も本望であろう」

「やめぬかッ」

起き上がろうとするが、卯女の身体は動いてくれぬ。

「女、きさまはそこで英雄どもの勇姿を見ておれ」

周瑜の右手が振り下ろされた。

とたんに、馬の嘶《いなな》き声が天を突き、戦国武将の幽霊どもが動き始めた。

ついでのように、周瑜は、犬骸骨やぬりかべ、天狗にも命じた。

「妖かしどもも暴れて来い」

「くっ」

卯女は舌打ちすることしかできなかった。連中を止めようにも身体は動かず、声を出すのも辛《つら》くなっていた。周瑜の言う通り、黙って見ているしかできぬのだ。

町を守れなかったという絶望から目の前が真っ暗になったとき、

ぱんッ――

――と、鉄砲の音が響いた。

3

天下泰平の江戸の世には不似合いな音を聞き、戦国武将の幽霊どもの騎乗する馬の足が、ぴたりと止まった。

「誰だ?」

闇に向かって周瑜が誰何《すいか》しても、返事はない。鉄砲の音が幻であったかのように静まり返っている。

「空耳か」

周瑜は呟くと、戦国武将の幽霊どもに命じる。

「ぐずぐずせずに、さっさと行かぬか」

しかし、幽霊どもは動かない。誰かが撃たれたわけでもないのに、凍りついたように固まっている。卯女の目には、戦国武将の幽霊どもが怯えているように見える。

美周郎は苛立《いらだ》った。

「なぜ、命令に従わぬッ」

戦国武将が返事をするより先に、夜闇の中から甲高《かんだか》い声が聞こえてきた。

「恐怖というものは、死んでも忘れられぬものと見える」

その甲高い声を追いかけるように、ざくりざくりと足音が聞こえた。

いまだ動かぬ戦国武将の幽霊どもに、周瑜は舌打ちする。

「相手はたった一人だぞ。何を怯えておる。きさまら、それでも英雄か？」

またしても答えたのは、甲高い声の男である。

「そやつらは英雄ではない」

甲高い声の男の姿が露《あらわ》になる。

漆黒の天鵞絨《ビロード》のマントをはためかせた細面の男が、周瑜の前に立った。美周郎に劣らぬほど、目鼻立ちが整っている。

男は甲高い声で言葉を続ける。

「周瑜とやら、おぬしは英雄を分かっておらぬようだな」

「何だと？」

「戦国乱世で英雄と言えるのは、この織田信長ただ一人だ」

織田信長——上総介は言った。

「きさまが信長か」

唐まで織田信長の名は知れ渡っている。生きながらにして、〝悪鬼〟〝第六天魔王〟と呼ばれた男である。周瑜の顔色が変わった。

「面倒な」

舌打ちすると、周瑜は犬骸骨たち妖怪に命じる。

「きさまらだけで町を壊して来い」

「わかったでござるわん」

再び、妖かしたちが町へ向かおうとしたとき、どこからともなく、一冊の帳面がばさりばさりと飛んできた。

町へ向かおうとする犬骸骨の鼻先に落ちた。

開かれた頁《ページ》には、茨《いばら》を身体に巻きつけた鬼の絵が描かれている。

「その帳面に近寄るなッ」

周瑜が大声を上げたが、遅かった。

「何でござるかわん？」

犬骸骨は鼻の頭で、くんくんと帳面のにおいを嗅《か》ぐ。

次の刹那、帳面に描かれた鬼の絵から茨の蔓《つる》が、しゅるりしゅるりと伸び、犬骸骨の身体に巻きついた。あっという間に、犬骸骨は動けなくなった。

さらに、茨の蔓は犬骸骨を帳面に引っ張り込もうとしている。

「助けてくれでござるわん」

仲間に助けを求めたが、すでに、ぬりかべと天狗も茨の蔓に搦め捕られている。

「まさか……。この帳面は……」

卯女は自分の目を疑った。

地べたに転がっている帳面は、仲吉に残した〝百鬼夜行の書〟である。〝百鬼夜行の書〟がここにあるということは――。

「ごめんよ、犬骸骨。しばらく、帳面の中にいておくれ」

聞きおぼえのある声が、夜空から聞こえてきた。

篝火も空高くには届かないのか、声の主がどこにいるのか見えない。

こうしている間にも、犬骸骨が〝百鬼夜行の書〟に吸い込まれ、追いかけるように、ぬりかべと天狗も帳面の中へと入って行った。

　そして、ぱらりぱらりと帳面は捲れ、紅蓮の炎を身にまとった狐の絵が描かれた頁が開かれた。

　狐の絵は言う。

　――伸吉め、騒がしい連中を我が棲み家に入れおって。

　瞬く間に、狐の絵は実体を持った妖狐となり、〝百鬼夜行の書〟をくわえると天に舞い上がり始めた。

　やがて、妖狐のまとう炎で空が明るくなった。

　江戸の夜空に、一反ほどの長さの木綿がひらひらと飛んでいる。目を凝らすと、一反木綿の背中に、カラスを右肩に乗せた人影があった。

　妖狐は人影に〝百鬼夜行の書〟を渡しながら言う。

　――ほれ、持って来てやったぞ。

「ありがとう、狐火」

　妖かし相手に馬鹿丁寧に礼を言う孫の声が聞こえた。

　絶望的な気分で、卯女は孫の名を口にする。

「伸吉、なぜ来たのじゃ……？」

一反木綿の背中に乗って、唐の幽霊の占拠する江戸城にやって来たのは伸吉だった。

臆病者の泣き虫で、近所の子供たちにいじめられるたびに、卯女の背中に隠れていた孫の姿が蘇る。

本来ならば、伸吉は卯女の孫――妖怪退治の〝風使い〟の血を引く後継者なのだが、卯女は何一つ教えなかった。

人の子として幸せになって欲しい――。孫のことを〝風使い〟にできなかったのだ。

万一、幽霊が出ても、卯女が退治すればいいとも思っていた。

しかし、選《よ》りに選って、伸吉は唐の幽霊どもの占拠する江戸城に来てしまった。

地べたに縫いつけられたように、大の字に倒れる卯女を見て、伸吉は大声を上げる。

「お祖母ちゃんッ」

子供のころと少しも変わらぬ情けない声をしている。

「今、そっちに行くからね」

「来てはならん……。帰って、人の子として暮らすのじゃ……」

卯女は言うが、伸吉は聞かない。

恐る恐るといった風情で、一反木綿の背中から飛び下りると、卯女を抱き起こした。

「なぜ、来たのじゃ？」

いつの間にか逞《たくま》しくなった孫の胸に抱かれながら、卯女は聞いた。

「お祖母ちゃんが一人で、江戸城に行ったって聞いたから……」

「馬鹿者が。すぐに帰るのじゃ」

江戸中の幽霊たちに恐れられていた卯女でさえも、この様《ざま》で、門の中に足を踏み入れることすらできなかった。

まるで修行をしていない伸吉など、殺してくれと言っているようなものだろう。

実際に、先刻から周瑜が値踏みする目つきで伸吉を見ている。相手の力を推し量るまで、下手に手を出さぬほど用心深い相手に、伸吉ごときが勝てるはずがない。

「寺子屋に帰るのじゃ、伸吉」

卯女の言葉に返事もせず、伸吉は妖かしの名を呼んだ。

「一反木綿」

ふわりと木綿の付喪神が寄って来る。

伸吉は言う。

「お祖母ちゃんを寺子屋に連れて行っておくれ」

「分かったでごわす」

逆らう暇もなく、一反木綿の背中に乗せられた。

「いつまで茶番を続けるつもりだ」

それまで黙っていた周瑜が、ようやく、口を開いた。

智略にすぐれた周瑜だけに、伸吉が無力であると踏んだのだろう。実際、〝百鬼夜行の書〟の力を借りなければ、そこらの町人よりも弱い。

伸吉は周瑜を見ようともせず、一反木綿に声をかける。

「お祖母ちゃんを頼んだよ」

「任せるでごわす」

言葉とともに、一反木綿の身体がふわりと浮き上がった。

もはや孫を止めることができぬのは、卯女にも分かった。臆病者なりに死ぬつもりで伸吉は江戸城にやって来たのだ。

こんなことになるならば、〝風使い〟の修行をさせておけばよかったと、後悔が胸を過《よ》ぎった。

一反木綿の背中の上から卯女は言う。

「あたしは伸吉《おまえ》に何も教えていないよ」

伸吉は、いつもの頼りない口振りで答える。

「ちゃんと教わったよ」

「教わったって、おまえ……」

戸惑いながら聞き返そうとするが、そんな暇はなかった。

「いつまでしゃべっておるッ」

戟を振り上げ、周瑜が伸吉に斬りかかって来た。

芝居であれば、ひらりと躱すところだが、伸吉は寺子屋のこんにゃく師匠にすぎない。今の今まで、戟どころか、木刀だってろくに見たことがない。

逃げることもできず、ぽかんと棒立ちになっている。

「人の子がしゃしゃり出て来るからだ。――三國志の英雄の刃をくれてやるッ」

周瑜が戟を振り下ろした。

「ひぃッ」

ようやく悲鳴を上げただけで、目を瞑《つむ》ってしまった。これでは殺してくれと言っているようなものである。

「死ぬがいぃッ」

伸吉の脳天に戟が落とされる寸前、ちゃきんッと火花が散った。

見れば、巨大な戟を細い日本刀が受けている。

いつの間にか、上総介が伸吉の前に立っていた。

細身の刀で唐の剣を受けながら、上総介は言う。

「きさまのどこが英雄だ」

「何だと？」

一瞬、顔色を変えかけたが、上総介の細い身体と刀を見て笑った。

「その身体と玩具《おもちゃ》のような刀で、この周瑜に勝つつもりか？」

刀もろとも上総介を力で押し切ろうと、周瑜は力を込める。

しかし、上総介は涼しい顔で戟を受けている。どんなに周瑜が力を込めようと、上総介の刀はぴくりとも動かない。

「なぜだ？」

顔を真っ赤にしながら、周瑜が聞く。

「なぜ、こんな細い剣を折ることができぬのだ？」

無骨な戟に比べると、上総介の刀は棒のようである。

そして、細いのは刀だけではない。

女のように美しいと言われる周瑜だが、その身体つきはやはり歴戦の武将のものである。

それに比べ、上総介の身体はいかにも細い。色の白い上総介だけに、本物の女のように見える。

「男も刀も見かけではないということだ」

上総介は言うと、刀を振り抜いた。

すぱんッと音が響き、戟が真っ二つとなった。

「何ッ？」

悲鳴を上げるように周瑜が叫んだ。

周瑜は知らぬだろうが、上総介の太刀は〝へし切長谷部《へしきりはせべ》〟と呼ばれる名刀で、かつて台所の膳棚ごと人を圧《へ》し切っても刃毀《はこぼ》れ一つしなかったという逸話を持っている。

戟を断ち斬り、返す刀で周瑜にへし切長谷部を走らせた。

「馬鹿な……」

周瑜の身体が崩れ落ちた。

「よいことを教えてやろう」

上総介は地べたに倒れた周瑜に言う。

「英雄と呼ばれるべき男は、この世でもあの世でも、織田信長ただ一人なのだ」

悪鬼のように笑うと、門前に並ぶ戦国武将の幽霊どもに目をやる。

「きさまらも成敗されたいか？」

上総介の言葉に、百戦錬磨の戦国武将の幽霊どもが目を伏せる。

「退け」

上総介の前に道ができた。

「参るぞ、伸吉師匠」

天鵞絨のマントをはためかせながら、上総介が歩いて行く。

「うん」

伸吉はうなずくと、一反木綿の背の卯女に声をかけた。

「じゃあ、行って来るね」

「伸吉……」

掠れる声で卯女は孫を呼び止めた。どうしても聞いておきたいことがあったのだ。

「あたしがおまえに何を教えたんだい？」

話の途中で周瑜に襲われ、有耶無耶《うやむや》になってしまったが、何も教えていないと悩む卯女に「ちゃんと教わった」と言っていた。

「うん。ちゃんと教わったよ」

「だから、何をじゃ？」

まるで心あたりがなかった。

伸吉は照れくさそうに言う。

「大切な人は命を賭けて守れって教わった。ずっと、あたしのことを守ってくれたじゃないか」

「おまえ……」

言葉を返すより早く、一反木綿が動き出した。

江戸城から遠ざかる卯女の耳に、伸吉と上総介の会話が聞こえてきた。

「さすが伸吉師匠だ。師匠も英雄であるな」

「よしとくれよ、上総介。あたしは英雄なんかじゃないよ。ただの寺子屋の師匠だよ」

大人になった孫の声を聞きながら、卯女はゆっくりと目を閉じた。


（次巻に続く）

この作品は書き下ろしです。

あやかし三國志《さんごくし》、ぴゅるり

唐傘小風《からかさこかぜ》の幽霊事件帖《ゆうれいじけんちょう》

高橋由太《たかはしゆた》

平成25年2月10日　初版発行

発行人――石原正康
編集人――永島賞二
発行所――株式会社幻冬舎
〒151-0051東京都渋谷区千駄ヶ谷4-9-7
電話　03(5411)6222(営業)
03(5411)6211(編集)
振替00120-8-767643
印刷・製本―図書印刷株式会社
装丁者――高橋雅之

幻冬舎時代小説文庫

ISBN978-4-344-41988-9　C0193　た-47-4

幻冬舎ホームページアドレス　http://www.gentosha.co.jp/
この本に関するご意見・ご感想をメールでお寄せいただく場合は、
comment@gentosha.co.jpまで。